愛救了我

魏棻卿 著

文經文庫304

文經社
Taiwan
COSMAX
PUBLISHING Co.
Since 1981

自序

活出專屬自己的第十一個故事

魏棻卿

我很喜歡聽故事，也很慶幸能夠成為一個說故事的人。

愛爾蘭詩人葉慈曾說：「生命中最至高無上的經驗，就是分享他人心靈深處的思想，然後親身領略。」

過去十年記者生涯的採訪經驗，加上離開新聞圈之後，除了寫自己的書，也陸續幫過一些人撰寫生命傳記。

藉由一次次的訪談機會，讓我得以深入探索很多人的生命歷程，上至達官貴人，小至平民百姓。

當普世社會多半以名利和地位，作為衡量個人成就的主要指標。我卻認為，決定一個人生命高度的，不是出身背景或社會地位，而是這輩子有沒有真實活過，並且活出命定。

一個真實活過的人，生命總是特別真摯動人，即使不是眾人追逐的焦點，影響力卻無所不在。

我可以很肯定地說，過往的人生，若不是經由閱讀或是採訪等方式，在某些關鍵時刻，從某些人的分享得到關鍵性的啟發，我無法走到今天這一步——盡情地，活出生命的可能性。

於是，現在的我，不僅能傳講別人的故事，還能分享自己走過的每一段路。

．

二〇一二年四月，為了專心寫書（這一直是個流浪的好理由），前往台灣東部的海邊民宿閉關。

期間，遇到了一位旅人，女性、單身、年逾四十，臨時起意決定來到東部旅行，目前在一家知名廣告公司擔任高階主管。

當然，這些訊息都是後來比較熟識之後，才慢慢得知的。那位旅人告訴我，自己正陷入不知道人生該往哪裡去的困境。長達二十年的職場打拚，讓她在業界佔有一席之地，近來卻莫名對工作失去動力，也開始對人生失去熱情，看不見所謂的未來……

我完全能體會那種絕望感，因為親身經歷過。看過我的書的讀者大概就知道，我也曾經走過一段生涯轉換的摸索期，過程充滿茫然與未知、恐懼與不安，甚至礙於某些生存現實，幾度萌生放棄的念頭。

但因著上帝的同在和帶領，終究，我還是撐過來了，現在不僅找到安身立命的姿態，還有很多新計畫等待逐一實現。

我的故事，讓那位旅人很受激勵。縱使，她的人生並未因此馬上找到新方向，但至少能夠安於當下，因為清楚明白了，眼前的困頓並非絕境，而是個人在尋找自我過程中的一種必然。

很神奇！有時候一小段故事所帶來的滋養，就足以讓受困的靈魂得到喘息；就連我自己，至今也仍舊把「故事」當成生命的氧氣來源之一。

以這趟閉關之旅來說，美其名是要寫作，還是忍不住翻讀好幾本書。

在民宿主人擺放的書群中，我遇見了村上春樹和林白夫人，藉由他們在書中分享到的某個生命片段，得到眼前最需要的啟發，也再度堅定了，自身的創作姿態。

同樣讓我收穫良多的，還有書中這十位主人翁的故事。他們，出生自不同的家庭背景、從事不同的行業類別，也正處於不同的生命階段，遭遇過的困境更是大異其趣；唯一的相同點是，他們都是基督徒。

但我相信，信仰傾向絕對不會成為你閱讀本書的障礙，除非你是徹底的無神論者。

無論是什麼樣的宗教信仰，只要相信世界上的確存在著一股超越自身的力量，就一定能夠理解他們所經歷的神蹟奇事，以及驚人的生命轉化。

謝謝十位主人翁的無私分享！他們的生命故事讓我們看見，世界，即使不完美，仍舊有美好的一面；生命，即使充滿挑戰，還是有值得一活的地方。

•

身為說書人，我的角色不僅僅是挖掘故事，還有以心理學的專業訓練，深入剖析每一位主人翁的心理歷程和轉折。

這樣的敘事手法，除了可以增加文章的可讀性，還能幫助讀者從中得到更深刻的釋放和觸動。

當一個人的內在眼光更新了，或許，很多原以為的困難，就不再那麼難了！

台灣電影《第三十六個故事》的女主角桂綸鎂，聽完一位副機師的三十五個故事後，蠢蠢欲動，決定背起行囊到世界流浪，用實際行動寫下關於自己的第三十六個故事。

若是書中這十個生命故事，也為你帶來了一些什麼——感動、療癒、省思、啟發、激勵——那就請帶著這個「什麼」，活出專屬你的第十一個故事吧！

相信有朝一日，你也能夠透過說故事的方式，成為別人的幫助。

現在，就讓我們一起揭開，這趟精彩動人的故事旅程吧！

目次 contents

1

和另一個自己，真實相遇

【梁椿英】

To meet truthfully yourself

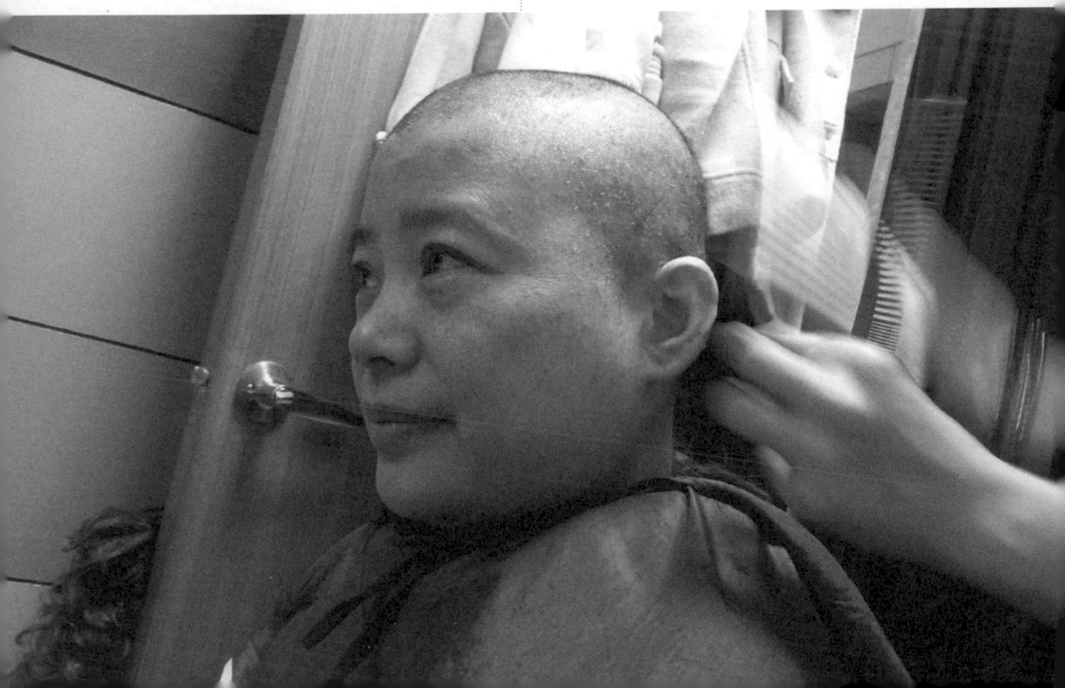

你信不信？
每個人的身體裡，
其實都同時住著
兩個極端不同的自己。

在英國文學經典名著《化身博士》(Dr. Jekyll and Mr. Hyde) 一書中，主人翁「傑奇博士」是聞名遐邇的大善人，同時也是一位年輕有為的醫生。但他受到體內邪惡因子的作用，發明了一種神奇藥水，喝了它，「傑奇博士」隨即判若兩人。從一個道貌岸然的紳士，變成惡魔的化身。這樣的他，被作者史帝文生取名為「海德」。

相當令人省思的一本書。內容不僅直探人性黑暗面，也道出很多人內心深處不能說的秘密，自一八八六年出版至今，已經被改編成二十多部電影版本。

從科幻小說回到現實世界，今年四十六歲的梁椿英也一樣。

體內的「兩個她」打架了

圓滾滾的大眼睛，臉上總是堆滿溫暖的微笑，但體內同時住著「兩個她」。只不過那「兩個她」所指的，並非僅限於善與惡的對立，還有堅強與軟弱、信心與絕望、樂觀與悲觀……

一直以來，她就隱約感覺到這些矛盾特質的存在，只是負面特質向來不受歡迎，久而久之，就被壓抑在內心深處。直到四十四歲那年生了一場大病，宛如「傑奇博士」喝了神奇藥水，另一個梁椿英，現身了。

時間，是在二〇一一年。病名：乳癌。

「當初會開始發現身體有異狀，是因為右手臂疼痛麻痺，有時甚至會痛到好像硬要將手臂拔出身體一樣，讓人輾轉難眠。」

梁椿英繼續回憶：

「有一個教會姐妹專門做全身舒壓，她按到我的胸部的時候，發現有硬塊，叫我趕快去醫院做檢查，自此之後就跟醫院脫離不了關係。」

太突然了！突然到讓梁椿英一點準備都沒有。一到醫院做完檢查，她就被告知罹患零期乳癌，必須盡快進行右側乳房的局部切除手術。這可把她嚇壞了，從小到大都很少生病，她怎麼也想不到，自己竟然會和癌症劃上等號。而且她恐懼的不只是癌症本身，還有術前術後一連串的檢查和治療，那對向來就很怕打針的她，才真的是一種折磨。

術後幾天，二〇一一年十一月十四日，她在部落格記錄下這樣的心情：

原本穩定的生命跡象，因為下午的咖啡而引起心悸及恐慌，
氧氣罩成為我的救命罩，引出的是強烈的焦慮、恐慌，
對心臟的無力而焦躁著，心理情緒的狀況大過術後的不適感，
好像找不到出路，在窒閉的空間等待死亡……
逃離了病房，邊走身體癱軟，全身顫抖，牙齒打寒顫，
開始感受到的是害怕與恐懼，快速地進入計程車逃離醫院……

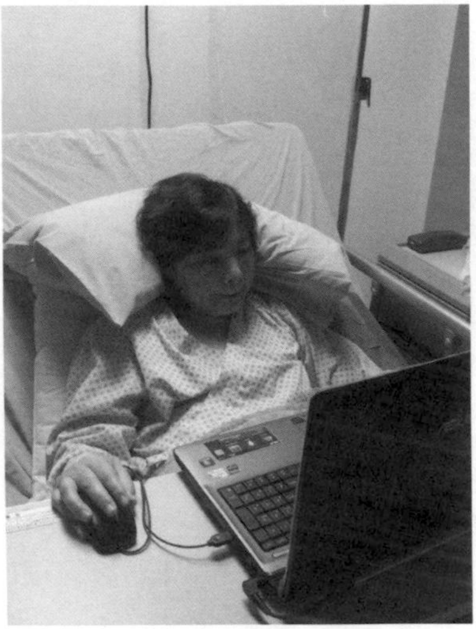

無奈，逃離得了醫院，卻逃不開第二次手術的命運。

那是一次例行的回診。才剛完成乳房局部切除手術的梁椿英，好不容易才從驚恐中慢慢恢復，沒想到隨即接獲另一個噩耗——原先開刀的右側乳房，在靠近胸骨內側的位置，又被發現有一顆二點五公分大的惡性腫瘤，必須馬上再動一次手術，而且是將整個乳房組織切除。

「兩次開刀之間，我的情緒波動很大，甚至不想治療了，因為我真的很害怕打針，所以會放大那個部分……」

越說越激動，梁椿英坦承當時連最壞的打算都想好了：

「那時候沮喪到想乾脆死了算了，覺得自己已經無路可走，因為最令人害怕的不只是生病本身，還有接下來要面對的未知。」

人生，的確充滿未知。如同她事先也想不到，術後一個多月展開的六次化療，過程竟是那麼折磨人。

二月的第九天，我進入了第三次的化療，

痛苦指數往上直飆，幾乎回到之前開刀後的恐慌與焦慮中，

（經歷）一星期的不適及心律不整的痛苦之後，

接下來的生理期與更年期並存的徵兆：累、燥、煩、悶、痛……

第一次向神抱怨著，還有多久？還要（接受）怎麼樣的折磨？

暈眩後的反胃，人工血管的過敏，導致整隻手臂長滿疹子，心臟的不適，

醫院、醫院、醫院，什麼時候才可以脫離到醫院的陰影……

就在這個時候，梁椿英體內的「兩個她」，打架了。因為一個她，深信上帝的救恩一直都在，充滿感謝；另一個她，卻強烈感覺到被上帝遺棄了，充滿憤怒。

這一次，我真的跟上帝翻臉了！

那段時間，憤怒的梁椿英，在生命中的戲份越來越吃重。

我的心好像重新經驗一些陌生的感受，

一種叛逆的快感，不想委屈自己的感受而妥協，

學習聆聽自己細微的聲音，感受她要說的，

以前，配合先生、配合教會，當個順服的女子，

當一個好用的人，一直是心中的期待，

但這期待好虛幻不真實，因為這不是我，只是包裝在一個乖的外衣，
不想離自己太遠，我要任性，就讓我也經歷這段叛逆歲月吧！

冰凍三尺，非一日之寒。被壓在潛意識角落的憤怒小孩，安靜太久，終於因為這場病找到合法發言權。這一次，她要痛痛快快地怒吼。誰，都別想要阻擋！因為在成長過程中，梁椿英已經受夠了總是在當乖小孩。

「從小，我就是一個聽話的孩子，聽媽媽的話，也很聽姐姐的話。」在家中排行老三的梁椿英，有一個哥哥和一個姐姐。高中畢業後，為了幫忙家中的海產店生意，還延後了繼續求學的時間表。

直到二十三歲時，姐姐帶她信主，看到青年團契的每個人都是大學畢業，讓她很自卑。從日本遊學回來之後，二十五歲，才開始念大學，

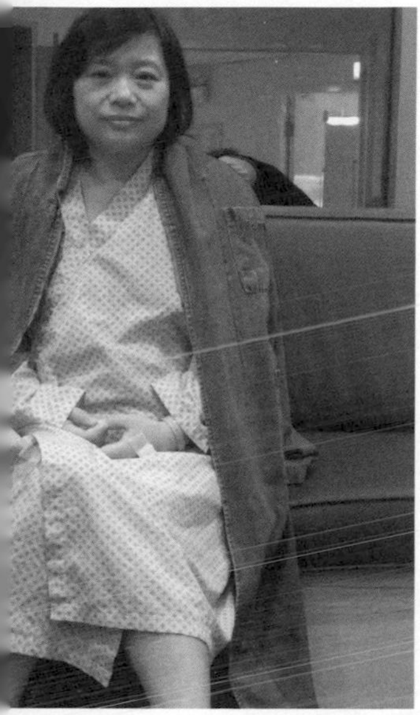

比一般應屆生晚了足足五年。

表現得特別聽話，除了本身個性比較體貼，不願讓他人失望，只好委屈自己；另一個原因是，真的很渴望能得到愛，因為自從懂事以來，梁椿英就感覺自己在家中的角色，似乎是多餘。

有段記憶讓她印象特別深刻。

「我們家裡有三個小孩，哥哥跟姐姐兩個人一國，他們常會說，兩個孩子恰恰好，意思就是說，我就是多出來的那一個。」

哥哥、姐姐開始上學之後，梁椿英就更孤單了，加上父母親又因為工作的關係，經常不在家，當時的梁椿英，一個學齡前的小孩，只好揹著家裡養的貓走來走去。貓，成了唯一的玩伴，也是一種安靜的陪伴。

當時的梁椿英不明白，究竟，人為什麼要這麼孤單且寂寞的活著？從現實生活中找不到答案，便轉而埋進書堆，她開始看起了各式各樣的科幻小說，試圖建構另一個主觀真實。

「我看過一些書，專門告訴大家，死後的世界是什麼樣子，讀到後來，有時候還會把書中的世界和現實世界混淆。」

梁椿英分享了當時一個有趣的思考：

「那時候我甚至會懷疑，會不會活了一輩子才發現，我原先以為的真實，其實都是假的。」

疑點，無從論證。但光是活在這些想像裡，都足以讓人覺得好過些，尤其是眼前世界不是那麼令人滿意時。更何況，誰敢百分之百地說，世界上絕對沒有另一個時空的存在呢？

道理就如同，人心，其實也是一個小宇宙，複雜程度，並不亞於外在宇宙空間。梁椿英也是在越來越年長之後，才覺察到，原來體內不只有原先認識的那個乖巧的自己，還同時存在著各種極端特質。

罹患癌症之後，另一個憤怒的梁椿英，再也積壓不住。尤其在歷經兩次乳癌開刀之後，時隔一年，又被發現肝臟異常，疑似有癌細胞轉移的情況，讓她的心情宛如火山爆發。

憤怒，好像情緒的保齡球，憤怒球一出，保齡球就全倒了，
我的心如被烈火煎熬著，我的靈（魂），低沉地落在無底的深淵，放棄掙扎，
我的叛逆全部傾巢而出，如滾水氾濫，所到之處無生機、沒有轉圜的餘地，

直到傷痕累累，力氣用盡，蛻了一層生命的死，又再度地活了過來，
這次，下一次，重複的循環中，我累了，期待的是不想要再感覺的感受，
我，除了淚，還有什麼？還有什麼？

感覺生命空無一物，就連上帝——她的最後一根浮木，也硬生生地被抽走，只能在一片名為「絕望」的大海，載浮載沉。

二〇一二年十一月下旬，兩次肝臟切片檢查期間，梁椿英直言，自己真的是跟上帝翻臉了！

「我本來想說眼睛一閉，進手術房切除腫瘤後，又可以重新出發，但情況好像沒這麼簡單。」

原先還抱持一絲希望的梁椿英，得到的說法並不怎麼樂觀。

「醫生很保守地說，如果腫瘤跟血管黏得太緊密，就沒辦法切除。這個答案對我的打擊很大，讓我非常非常沮喪，大概有三、四天的時間都賴在床上不肯動，也不想禱告，只想把自己徹底隔離起來。」

獨自一個人躺臥在黑暗中。生命，還有機會嗎？若真的再也躲不過癌細胞襲擊，人生的最後一段路，還能夠用一顆喜樂的心，平靜以對嗎？

一切，其實都取決於情緒發洩過後，梁椿英決定採取什麼樣的行動？

學會交託，就看見恩典與陪伴

無論和上帝的關係多麼低潮，甚至是暫時的對立，梁椿英都不會停止聚會。她很清楚，當自己已經沮喪到連禱告都欲振乏力，就更加需要其他會友的代禱。

事實也證明，每次只要有姐妹幫她禱告，內心的勇氣就會慢慢回來，讓她得以靜下心來，重新看待眼前的景況，也重新看見上帝的恩典和陪伴。

以兩次肝臟切片的事件為例。梁椿英原本都是一心一意向上帝求生，無法

接受不好的結果；後來，才慢慢學習到如何放手，無論是生是死，都將結果交給上帝安排。

「我跟上帝說，不管是要再次接受化療、還是死亡，都交在你的手中，因為我深知道，無論如何，祢都一定會Hold（支撐）住我。果然，交託之後，心情放鬆很多。」

才剛交託，意想不到的事情就發生了。第一次做肝臟切片，因為檢體不足，無法確認肝臟的異常，是否跟癌細胞轉移有關。

第二次肝臟切片回診，梁椿英聽到語音喊號，才正準備要走進診間，主治醫師就先主動走了出來，還對她比了一個OK的手勢，表示檢查結果沒問題。

「真的嗎？」

梁椿英簡直不敢相信，明明在沒多久之前，才被醫生用超音波發現肝臟異常，第二次切片後卻一切無恙。奇妙的轉折，讓她開心極了！

如今回首來時路，梁椿英的心裡充滿感恩。因為這兩年多以來，不只有許多教會姐妹陪在她的身邊，還有母親的悉心照顧，以及丈夫和兩個孩子的包容。換句話說，正是因為這一場大病，才讓她深刻經歷到家人的愛和付出。

「中間的變化很神奇，生病之後，我覺得經濟壓力太大，決心把身上的擔子都放掉之後，丈夫接手了，幫忙撐起全部家計，讓我很感謝。」

她更感謝化療期間，家人陪著她受苦。

「當時，好像有兩個我住在身體裡，不只很難照顧，還非常暴躁易怒，沒辦法自我控制，但一發洩出來卻很傷人，所以我會跟家人說，如果化療之後有什麼情緒反應，那是正常的，請他們不要太在意這個部分。」

無論是家人或是朋友之間，只要懂得以感恩的心來彼此對待，再緊張的關係，都會有轉圜的餘地。梁椿英和丈夫的關係演化，就是如此。

「上帝調整我，讓我開始懂得用不同眼光重新去看待另一半。以前總會覺得是因為他生病，婚姻才會走到死胡同，現在才了解，其實我也要負很大的責任。」

漾起了一抹滿足的微笑，她接著說：

「這段婚姻就像倒吃甘蔗，以前不是我詛咒他，就是詛咒我自己，無法共存。但現在我已經能在他面前，輕鬆自在地做自己，享受他的呵護和照顧。」

憤怒的梁椿英，自此消失了嗎？答案是，沒有。

如同一齣戲，本來就需要很多不同角色的演員，包含憤怒在內的各種特質，本來就是人性中的一部分，刻意漠視或壓抑，最終只會導致反撲。

況且，當初若不是憤怒的幫忙，向來壓抑慣了的梁椿英，怎麼會開始懂得正視內在需要，進而活出真實的自己呢？

憤怒的梁椿英、軟弱的梁椿英、悲觀的梁椿英⋯，通通都沒有消失。只不過比起生病之前，她們因為被看見、被接納了，便無需再藉由放縱式的發洩來引起注意。反而，更能找到一種有助於生命完整的，安頓姿態。

同場加映

我們成了一台戲，
給世人和天使觀看。

讓憤怒成為動力

沒有人喜歡負面消極的自己，但不得不承認，那就是我們人性中的一部分。

很多人的內在委屈或憤怒情緒，正是起因於長期壓抑另一個自己，卻不自知。等到哪天因為遭逢生命低潮，情緒悶鍋一次大爆發，才被那樣的自己給嚇著！

有一本書叫做《心靈舞台》。作者薇薇安．金形容得好，她說：

「在人生的舞台上，每個人都是自己的導演，幕後的劇作家則是上帝。身為導演，最重要的工作，就是要根據劇作家所寫的劇本，以及角色需要，來安排每個演員在舞台上的演出。」

一個更重要的概念是，每個舞台上的演員，無論是主角還是配角，只要懂得發掘其優點，給予合適的角色，每個人都有成為大明星的潛力。

對應到真實的個體身上，所謂的演員陣容，指的是一個人內在不同的性格面貌，每一種面貌都有其存在的必要，轉化的關鍵在於，如何讓它以最適切的姿態登場。

情緒的表達也一樣，以每個人最常會經歷的憤怒情緒為例，過度的憤怒，就像是一顆炸彈，一不小心就會炸得自己和別人都粉身碎骨；但若運用得當，懂得透過對憤怒的覺察來聆聽內在真正的需要，進而尋求必要改變。

這時候，憤怒便能成為生命中一股很好的推進力量。

椿英，就是因為有憤怒的提醒，才開始蛻變成更接近真實的自己。沒有人想當一輩子的乖寶寶，更不會希望在一段關係當中，永遠委曲求全。

只不過，基於害怕被指責、害怕被排擠、害怕失去愛等理由，很多人寧可選擇漠視真實感受，也不願作出可能會破壞一段關係的反應。

由此便不難理解，為什麼現代人普遍都不怎麼快樂。多數的身心疾病，相信也都和這樣的惡性循環脫離不了關係。

其實沒那麼複雜！很多的性格面貌或是情緒，需要的是不是被處理，而是被看見、被傾聽，以及被理解。當一個人已經能做到，和內在各種不同面貌和情緒和平共處時，便是達到內在整合的狀態，平安喜樂自然來。

我喜歡改變之後的椿英，變得更真實了。

她告訴我，以往只喜歡看一些唯美畫作，但經歷過化療的痛苦之後，她反而開始懂得欣賞一些超現實主義畫家像是達利和孟克，他們在作品中所傳達出的深沉和恐懼——因為那比較貼近真實的生命本質。

不只能夠從欣賞的角度來正視苦難，椿英觀照生命的姿態也更為細膩。平常就喜歡拿著一支筆和一本素描本到處寫生的她，透過一次次的創作發現到，比起過往，她對於要「細描樹葉」這件事，越來越有耐心，對於樹形的觀察也越來越仔細。

每次只要一拿起素描筆，連續畫個兩、三個小時也不嫌累，非常樂在其中。

生命若不是在當下，是在何時？

即使前方的路仍然充滿未知，椿英卻不再像以前一樣，那麼輕易被擊垮。因為她的內在生命樹，已經越長越茁壯！

2 平安苦難皆是福

【許峻維】

Whether you are in difficulty
or peace is a blessing of God.

從一個對股市一竅不通的年輕人，
躍身成為享譽業界的操盤大師，
連許峻維自己都始料未及。

這是許峻維的股市操盤史上，最黑暗的一天。

一九九八年十一月十八日，當時的營建股股王「國揚實業」爆發財務危機，跳票五千萬元，消息一出，隔天股價一路跌停鎖住。連日來，已經投注數千萬元操盤資金的許峻維，最後被迫慘賠出場。

血淋淋的教訓。但起初，身為超級營業員的許峻維卻毫無警覺，因為消息是來自證券公司內部的高層。

「某天，高層打電話來，說要買五千張分批五百張進國揚，我一聽到消息，馬上變賣手中的所有股票，跟著高層大批買進國揚，還真的一連漲了好幾天，讓我喜出望外。」

網羅就是這樣一步步設下的。嚐了幾天的甜頭，許峻維不斷加碼買進國揚，即使第四天，盤中鎖停打開，股價由紅翻黑一路跌停，反倒被他視為大好機會，一口氣買進八百多張，從跌停買到漲停，當天當沖大賺了一筆。

「上帝啊！祢真的是對我太好了，怎麼會有這麼幸運的事呢！」

當時的他，忍不住在心裡面竊喜。

沒想到第五天，情勢急轉直下，國揚一開盤就跌停，許峻維感覺有些不妙，但高層手上的持股尚未出脫，他猜想，這代表應該還有機會吧！於是，也就跟著毫無動作，殊不知，一場驚人的跳票風暴，正要降臨。

「我是當天看到晚報才知道這件事！」

許峻維回憶，得知消息的那一刻，他整個人都愣住了。一如預期，隔天，國揚股票開盤立即跌停鎖死，還連跌好幾天。

他十分不解，因為按照以往幫那位高層的操盤經驗來看，理應不會判斷錯誤。究竟是哪裡出問題？多方探詢之下，他才終於得知真相。

原來，高層當時玩的是兩手策略，一邊在他這邊多單買進，一邊在別處放空，透過一來一往的操盤，早就不知道獲利了結多少回了。

這時，許峻維才大夢初醒。終究還是玩不過真正的大戶。

股市小金童的歸零再歸零

無可救藥的自信，讓許峻維在股市跌了一大跤。

但他之所以那麼信心滿滿，不是沒有原因。早在一九九五年，以交割員的身分進入證券公司，他就以驚人的操盤績效，迅速闖出名號，年僅二十出頭，就被冠上「股市小金童」的稱號。

從一個對股市一竅不通的年輕人，躍身成為享譽業界的操盤大師，連許峻維自己都始料未及。

他表示，當初會踏入證券業，只是單純因為就讀夜二專，想在白天找一份薪水不錯又離家近的工作。正巧，看到住家附近的一家證券公司在徵交割員，薪水兩萬八、工作時間又短，覺得很不錯就去應徵了。

後來會從一位交割員變成營業員，據他的說法，是因為對賺錢非常有興趣，便開始努力地鑽研股票，並經常藉由替股市大戶交割股票所建立的交情，私下請教他們如何操盤。

成效很快就看見，當時他以公司配股的十六萬元來操盤，不到半年就因為投資眼光精準，迅速累積到上百萬元。

有了第一桶金，許峻維越玩越大，之後索性就去考營業員執照，直接親上火線。許多交割大戶也開始委託他操盤，還擺明地說：「賺了錢對分，賠了就算我的沒關係，因為我很相信你。」

絕大多數的時候，許峻維都沒讓大戶們失望。曾經有幾個月，每天的業績還衝到兩到四億，上至高層下至基層，幾乎沒有人不知道他這一號人物。這也就是為什麼，公司內部的高層會直接指名要他操盤，也才會爆發後來的國揚事件。

事發之前，許峻維感覺人生充滿一片希望。不只白天被大戶追著跑，晚上到了學校，同學也都在問他要買什麼股票，書也不怎麼認真在念，因為大部分時間都在做股市分析。當時的他甚至有錢到，吃好的、用好的，班上出去玩的基金也是他在出，好不威風啊！

「那麼年輕突然致富，其實也會慢慢變得驕傲，但那個驕傲在別人眼中看來，會覺得我很有自信，操盤的把握度很高。」

當時的他，氣勢絕對不輸現在的一些股市名嘴。

「我常剛人家說，你跟著我就對了，每次只要看到股市走勢完全按照我的預測，我都會很興奮，覺得自己還蠻神的。」許峻維說。

當時的他並沒想到，玩股票也是會上癮的。

「那時候的情況已經入迷到，明明知道今天進場買股票會賠錢，還是要買進賣出，才會覺得今天有做股票的感覺，有時一天賠個十萬塊也不痛不癢，」許峻維直接為當時的狀況下了一個結論，就是可以一天不吃飯，但不能一天不買股票。

一直到後來，跟著證券公司高層買進國揚股票，操盤失利，加上隔月就要入伍當兵，許峻維才開始慢慢收心。

但既然都成了癮頭，哪有那麼容易說戒就戒？而且一般來說，軍中生活雖然限制很多，休息時間還是有電視可看、有報紙可讀，真要繼續遠端操盤，也不是做不到。

但偏偏上帝就讓許峻維抽到憲兵，還被分派到軍事監獄，由於服務單位敏感，嚴禁任何外來資訊，讓他根本無從操盤起。

如今回想，那樣的限制反而成為他當時的幫助。

「如果是待在外面部隊，一定很難把股票的癮戒掉，因為從裡面跌倒就會想從裡面站起來，心已經玩大了。進到軍監，玩不了股票，反而就逐漸失去興趣。」

軍旅生涯一年十個月。這段長時間的沉澱，還真的讓許峻維對操盤這件事，從沉迷轉變為無感，只想在退伍後，找一份穩定的工作就好了。

如他所願。二〇〇〇年退伍，就在軍中友人的介紹下，到一家租賃公司擔任採購課的課長；一年後，轉往環境工程領域擔任副理，專門賣不會導電的超純水給半導體業者；三年後又跳槽到醫藥領域擔任主管，帶領五人業務團隊，屢創業務佳績。

好人才，誰都想搶。當時除了醫藥同業頻頻釋出挖腳意願，許峻維的一位電子業友人，也三番兩次邀請他加入公司的經營行列，但都被他給拒絕了。

「我不可能去，因為我對電子業完全沒經驗。」

其實還有一個更重要的原因，他解釋：「我媽媽的身體不好，繼續留在醫藥領域，不僅可以多認識一些醫生，也不用到中南部出差，可以多陪家人。」

尤其是到出差這件事，最讓許峻維擔心。身為獨子的他，在前一份工作的時候就曾經碰到過，人在中南部出差，卻臨時接到母親打來的電話，說：

「兒子啊！我現在人在醫院急診室。」

急得他得馬上放下手邊的工作，衝回台北。幾次下來，就夠讓人疲於奔命的了。

許峻維的態度堅決，但另一方面，那位電子業友人也沒放棄遊說。效法中國東漢末年，劉備三顧茅廬敦請諸葛亮的精神，友人每隔一陣子就會打電話給他，說要約吃飯，順便聊一聊。

知道他擔心自己對電子業一竅不通，對方還激勵他說：「好的業務什麼都可以賣，你來做電子產業，我們需要你。」

真的是被友人的誠意打動了，加上後來在醫藥公司待得有些不愉快。心一橫，許峻維決定重新歸零。反正，也不是第一次這麼做了。

不上酒店，照樣有業績

三十一歲，轉戰電子業，許峻維的工作內容是負責中國大陸的業務推廣，隨即又被派往中國深圳開疆闢土，專做某知名台灣企業在當地的專案，代理某日本品牌原廠的機器給客戶，並且負責售後服務。可別小看這個代理商的角色，當初為了爭取到客戶的單子，他還事先做了很多的準備，經常要往返台北和廈門及深圳三地。也因為他的努力，很快，就做到福建廈門區分公司的業務負責人。

攤開許峻維的職場生涯紀錄，會令人驚訝地發現，他不僅很勇於歸零，還往往能在全新的領域中，開創新局面。

「那時候我常在想，身為代理商，我們的價值在哪？答案是，提供客戶最好的服務，讓客戶願意繼續採購日本原廠的產品。」

找到主要定位後，許峻維主動向總公司爭取建立一個百人工程團隊，還直接在客戶附近租一個辦公室，隨時待命。

再加上，客戶公司裡面有幾個 Key Man（關鍵人物）都是他以前商場上的朋友，因此就算產品價格比其他品牌貴，他們還是願意採購，因為比較放心。

其他代理商只會放一、兩個人作為服務支援，許峻維卻一口氣打造

百人團隊，等於是先用售後維修服務的優勢，來提高客戶的採購意願，等到客戶真的買單了，習慣這樣的服務規格之後，就很難接受其他代理商的小陣容，隔年繼續下單的機率也會增加。

另一個好處是，代理商也不用再忙著去討好日本原廠。

「很多台灣代理商為了持續取得代理權，都是巴著日本原廠。我是逆向思考，站在客戶的立場來想事情，所以都是幫客戶來要求日本原廠做事情。」

接下來，許峻維說得更直接了。

「其實只要業績做得好，代理商就站得住腳，業績做不好，才會需要跟原廠的人 social（應酬）。」

沒錯！他就是屬於那種不跟原廠或客戶上酒店，業績也可以做得很好的人。想做到這一點，除了要有上述提到的那些業務實力，更重要的能耐是，定力。至於他的定力為什麼會那麼好，則是來自於信仰上的真理教導。

「男人在外面出差誘惑很大，尤其是在大陸，因為廠商到那裡出差，談完正事後大多會要求去酒店唱歌，然後再續下一攤，至於下一攤是做什麼，大家就心照不宣了。」

起初，許峻維還會選擇性的陪客戶到酒店，因為中國大陸所謂的酒店，跟台灣的定義不一樣，雖然有年輕女孩子作陪，主要還是在唱唱歌、喝喝酒。

只不過，幾次下來之後，他的內心還是覺得很不妥，在業績這一塊逐漸站穩腳步，也跟客戶建立一定程度的關係之後，他開始堅定立場。

「我在公司都會公開表明立場，告訴大家我不會再去酒店應酬。若是碰到客戶直接開口，我也會跟對方說，如果你真的那麼想去，我沒辦法陪你，但如果是要去按摩，我還可以接受。」

挑戰真的不小！當時的許峻維，不只要面臨工作上的進退維谷，還要努力保守自己的心思意念。

那種步步為營的感覺，宛如走在一條高空繩索上，只要一個失神就可能會摔得粉身碎骨。

哭泣與歡呼都是蒙恩

但許峻維坦承，他還是有一度動搖的時候。

有次，他真的去了聲色場所，因為他們（客戶和業務）沒有車，他負責開車載他們去。

「其實還蠻有罪惡感的，而且看到他們吆喝說來啦來啦，讓我蠻掙扎的，還跟他們說你們先下車，我隨後就到⋯⋯。幸好，最後一刻我還是持守住了，一個人跑去按摩，這樣他們就找不到我。」

聊起這段過程，許峻維像是在講什麼趣事一樣，態度一派輕鬆，偌大空間裡，還不時迴盪著他那爽朗的笑聲。

但有過類似處境的人都知道，在那樣充滿誘惑的環境，要長時間持守聖潔有多麼不容易。

如同入伍當兵那時候，上帝透過封閉的軍監環境，讓他順利戒掉「股癮」。往返兩岸五年多，經常處在那樣的壓力跟拉扯當中，他也開始興起回台灣工作的念頭，以便遠離試探。

「我很不喜歡那樣的環境，一直想要離開，因為出差的時候也蠻寂寞的，身旁誘惑又很多，我也怕自己會持守不住，因為我知道上帝把婚姻看得很重。」

除了知道上帝看重婚姻制度，不容輕易破壞。另一方面也是因為，許峻維和妻子呂俐萱之間的這段姻緣，得來不易。

二十多歲時，許峻維在鄰居的牽線下，認識了呂俐萱，兩人的互動也從此展開。

「我家隔壁租給一家美髮店，因為是鄰居的關係，我跟老闆很熟，有天他說要介紹一個設計師給我認識，那個人就是我的太太，」

眼睛一亮，許峻維認真地說：「第一眼看到俐萱的時候，我就直覺認定她是我的太太。」

緣分，真的是一種很奇妙的東西。原來毫不相識也毫不相干的兩個人，就這樣突然產生關聯，還慢慢變成命運共同體。

然而不同於當今的速食愛情，許峻維和呂俐萱是在相識一年後，等到對彼此都有一定程度的了解，才正式進入交往關係。

但現實的難題，也隨之而來。主要的阻礙在於許峻維的母親對呂俐萱的印象並不怎麼好，因此強烈反對兩個人進一步交往。

「我曾經試探性地問我媽，覺得這個女孩子怎麼樣？那時候她就

直接嗆明，她不喜歡這個女孩子，還警告我不要再去隔壁找俐萱聊天。」

許峻維進一步解釋，母親會反對是因為俐萱的嘴巴不甜，打扮又太過時髦，加上她又不是基督徒，因此母親說什麼也不願意點頭。

許峻維痛苦極了！

「那時候真的很掙扎，還禱告說，主啊！祢不是賜給我這個太太嗎？為什麼還會遇到這麼多波折呢？」

但為了這段命中注定式的愛情，他還是選擇繼續堅持。

「曾經俐萱也想要放棄，因為壓力真的很大，但我就是憑著一股傻勁堅持下去，不放棄任何一絲機會，她看到我這麼堅持，也就願意一起努力，還跑到我家幫我媽賣麵。」

終於，經過長達六、七年的相處，加上後來呂俐萱也進入到基督信仰裡，許峻維母親的態度逐漸軟化。二〇〇六年，在家人的祝福之下，許峻維和呂俐萱總算得以攜手步入結婚禮堂。

「我們花了那麼長的時間才有結果，真的是很不容易，但也因為上帝讓我經歷過那樣的辛苦過程，讓我更加珍惜這段婚姻。」

很多事情都是這樣，事過境遷後，反而更能體會出箇中意義。

「平安苦難皆是福，哭泣歡呼都蒙恩；

處世莫作臨風草，愛主需同向日葵。」

這是許峻維在書中看到、最喜歡的一段話。其實，也像極了他的生命寫照。

從一個經手上億資金的股市小金童，變成當今一個事必躬親的艱辛創業者；從一個備受阻礙的感情追求者，到現在的幸福人夫。

三十七年的生命歷練教會了許峻維一件事，就是無論順境或逆境，最終都會成為一種祝福——只要懂得行走在真理的道路上。

同場加映

人若自潔，脫離卑賤的事，就必作貴重的器皿。

別讓自己輕易陷入試探

若不是這次的訪談機會，我恐怕永遠都無從得知，William（許峻維的英文名）以前竟然是個名號響叮噹的「股市小金童」。

我驚訝極了！平常在教會裡面碰頭，William 的態度總是謙卑為懷，即使眉宇間散發著一股自信，也不會讓人感覺傲氣，更別說，他還相當積極追求神學上的造就。像這樣的一個人，真的很難讓人把他跟股市操盤手劃上等號。

不是說玩股票不對，而是價值觀的前後變化之大，著實令人難以想像，而這也正是 William 令人佩服的地方。畢竟誰不想用更輕鬆的方式來賺大錢，何況他還擁有豐富的股市操盤經驗呢！

不難想見，若不是因為有真理標準作為內在尺度，退伍之後，他恐怕還是會循著性格老路，繼續過著投機的操盤人生。

但也正因為有真理的指引，讓 William 在中國大陸出差那段期間，雖然經常身處在誘惑環境裡，最後還是全身而退。

其實無論是男人還是女人，每個人每天都會面臨各式各樣的試探，或者是肉體情慾、或者是金錢，又或者是名氣或權位。而實情，正如你我所見，能夠抗拒誘惑的人還真的不多，以至於新聞當中才會充滿那麼多，不是劫財就是情殺的社會案件。

至於那些在生活周遭上演的曖昧情事，或是為了名利而你爭我奪的例子，因為不勝枚舉，在此就不多加贅述了。

如同《聖經》上的教導，可以的話，請盡量讓自己遠離試探。雖然世界真的很複雜，但也不是毫無選擇餘地。關鍵就在於，你夠不夠了解自己？以及能不能真實面對內在人性的軟弱？

舉例來說，一個正在減肥的人，明知道肥胖對身體不好，也很清楚自己對於美食的抗拒力很差，還跟著人家去報名參加美食團，豈不是自找麻煩？

又或者是一個已婚者或是有穩定交往對象的人，明知自己的定力不夠，還周旋在眾多異性之間，最後的結果，不是因為掙扎而痛苦萬分，就是乾脆放任作為。

必須承認，人生當中有不少苦難，其實都是自找的。換句話說，只要別讓自己輕易陷入試探，自然能避免掉很多不必要的麻煩和爭議。

唯有停止生命內耗，才能把能量集中在未來的開創上，讓自己無論身在何種專業領域，或處於什麼生命階段，都能展現最出類拔萃的一面。

William 不就是一個最好的例子？

It is love that youget to the new life.

3 用愛活出的第二人生

【汪中仁】

現身台灣大學，就在汪中仁推開大門，
走進指導教授研究室的那一刻，他的人生
彷彿被按下了——停止鍵。
一切，註定改寫。

「教授，我有一件事要向您報告。」

平靜語調中，明顯包裹著不安，汪中仁從嘴裡緩緩吐出了這幾個字：

「我罹患了大腸癌。」

「大腸癌？怎麼會這樣子？醫生怎麼說⋯⋯」

突如其來的噩耗，讓指導教授有些震驚。

汪中仁，沒有答案，他甚至不知道，接下來該往哪裡去。因為若是沒有「大腸癌」這個半路程咬金，不久的將來，汪中仁就會取得碩士學位。

「當時我正在台大攻讀森林環境暨資源學系的碩士學位，論文都已經快寫完，準備進入口試階段了，也就是說，再過不久，我就可以拿到碩士學位，公職退休後，搞不好還可以到學校去教書。」

嘆了口氣，汪中仁接著說：

「但人算不如天算，原本的人生計畫，全在這時候被迫停擺，因為這場病，讓我不得不暫時放下學業，專心接受治療。」

只能放下了。汪中仁的心裡很掙扎，畢竟那可是熱愛森林的他，長年以來的夢想。只不過比起遠大的夢想，眼前更重要的事情是：活下來。

未來，我還有多少日子可以活？

為什麼會罹患癌症？汪中仁自己認為，遠因，可能跟從小就養成的飲食習慣有關。

出生於物資匱乏的年代，加上家中的經濟狀況並不好，汪中仁兒時就深刻體會到「有得吃就是一種幸福」，因而養成他非常節省且愛惜食物的習慣。

成家立業之後，即使經濟無虞，他還是維持一貫作為，即使東西已經在冰箱裡擺了十幾、二十天，只要味道沒有明顯發酸，他還是會吃掉，根本沒有所謂「過期」的問題。

「或許是因為這樣子的關係，損害到腸胃，才會導致細胞病變」他猜。

近因則是可能和汪中仁寫碩士論文那一年，作息嚴重不正常有關。

「當時經常在下班吃過飯後，就趕快小睡一會兒，睡到晚上十點再起來寫論文，一直寫到隔天凌晨三點，才又上床補眠，清晨八點再去上班。」

蠟燭兩頭燒，當時最明顯的警訊就是，排便開始出狀況，因為逐漸擴大的癌細胞，已經開始佔據腸道的寬度，三不五時還會有出血的情況。只是這一切，看在神經大條的汪中仁眼裡，仍舊無關緊要。

「因為當時除了一些小異樣，其他的身體狀況都非常好，所以我也沒有想太多，但為了安心，還是去醫院抽血，才發現CEA指數已經到達五．七五，超過了三到五的標準值。」

所謂的CEA(CarcinoembryonicAtigen)中文簡稱：癌胚胎抗原，是一種廣泛應用於消化道癌症的檢查項目，指數越高，代表罹患癌症的可能性隨之增加。

這也就是為什麼，當初指數一出爐，就有朋友強烈建議汪中仁到醫院進一步做大腸鏡檢查，只是當時他仍心想，自己能吃能動，也能正常過生活，加上當時還在忙著寫論文，不願節外生枝，檢查的事就這樣被耽擱下來。

但癌細胞並未停止生長。時至隔年三月再去抽血，汪中仁的CEA指數已經從原本的五・七五，飆升到十二・七。

幾天後，切片結果出爐，確定汪中仁體內長的是惡性腫瘤，而且已經是大腸癌第二期。那一年，他才四十八歲。

失魂落魄走出台大醫院，站在命運的十字路口，望著身旁車來人往，接下來該往哪裡走？Fight or Flight（戰或逃）？當時的汪中仁，一時之間也沒有答案，內心只有一個「亂」字可以形容。

仰頭望天，篤信基督信仰的汪中仁，藉由絕望的眼神，試圖向上帝索求一個合理的答案，同時他更想知道的是：

「未來，我還有多少日子可以活？」

根據統計，大腸直腸癌第二期，五年的存活率約為百分之六十到八十五，存活率不算低，手術的預後狀況也不差，但治療過程卻讓人備感煎熬。

無怪乎，經常有癌症病患語重心長地說：「癌症病人不怕死，卻怕痛。」，甚至有些人因為忍受不了疼痛，寧可放棄治療，任由癌細胞一點一滴侵蝕。

治療時可能面臨的苦境，汪中仁的心裡多少已經有個底。

「Fight or Flight ?」

這個問題再次浮現在他的心裡，最後，因著信仰、也為了家人，他選擇勇敢以對。

為了讓腸子裡那顆五公分的惡性腫瘤縮小，減少開刀的範圍，五個月內，同時進行了局部性的電療和全身性的化療。

第三度被宣判死刑

二十五次的電療，分成五週來做，一週要做五天，由於該療程屬於侵入性治療，雖然一次只照十分鐘，做個十幾次下來，還是導致破皮情況，讓汪中仁排便時非常痛苦。

偏偏電療的另一個副作用，就是排便次數增加，情況最嚴重時，一天要跑廁所二、三十趟，晚上連睡個覺都不得安穩，汪中仁只好直接把廁所當房間，坐在馬桶上打盹兒。

「晚上每隔十幾、二十分鐘就要跑廁所，我乾脆坐在馬桶上打瞌睡，直到清晨五、六點，才因為體力不支的關係，到床上昏睡。」

回憶那段艱辛的抗癌歲月，汪中仁說，當時還在公家機關服務的他，無論前一天多累，睡得多不安穩，早上八點，還是得打起精神去上班，幸好同仁們都很體諒，盡量讓他多休息。

很多時候，同仁要找他一起開會，見他人不在座位，就知道他又困在廁所的馬桶上，動彈不得了。

唯一值得慶幸的是，汪中仁的工作內容偏管理，部門就他自己一個人，只要把份內工作處理完就可以了，因此靠著坐在馬桶上辦公的方式，工作方面倒也還交代得過去。

接下來的化療也不輕鬆。雖然是兩週才進行一次，但舉凡化療會出現的一些副作用，像是噁心嘔吐、手腳麻木、掉髮⋯，這些痛苦經歷，他一樣都沒少。

更苦的是，化療過後即使很想吐，還是得勉強自己進食，補充足夠的營養，才有體力繼續做化療，原因是打化療會造成白血球下降，若沒有及時透過食物來提升體內的白血球數量，就無法進行下一次的化療，耽擱治療進程。

汪中仁就曾經因為白血球數量不足，等了六週都還沒有辦法打化療，讓他的一顆心七上八下。更別說六次化療下來，所花的費用高達數十萬，若不是平常有一些存款，早就撐不住了。

「曾經我也想過，乾脆自殺算了，一了百了，因為那種周而復始，疼痛彷彿永無止盡的日子，真的非常折磨人，幾乎讓人失去生存的盼望，當時若不是因為有家人和信仰的支撐，我早就撐不下去了，」汪中仁坦承。

這樣的支持很重要。因為在切除腫瘤之後的幾個月，汪中仁就被醫生告知癌細胞已經擴散到左肝，進入大腸癌第四期，存活率也從先前的百分之六十到八十五，瞬間掉到只剩百分之五到十。

第二次被宣判死刑，對汪中仁來說，儼然又是一次重大打擊。但即使存活率低得令人幾乎想放棄，為了把握絲毫的生存可能，汪中仁還是接受了手術，將左肝切除了三分之二，並忍痛在二〇〇六年進行一整年化療，之後才改吃口服化療。

沒想到，頑強的癌細胞，似乎沒有要放過汪中仁的意思，二〇〇八年的例行身體檢查中，再度發現癌細胞轉移的情況，只是這回從左肝換成了右肝。

接連被判了三次的死刑，即使千百個不願意，汪中仁的內心還是有了最壞的打算，因為即使幸運一點，以大腸癌四期來說，約莫也只有兩年的時間可活。

是該正視人生意義的時候了。

「若壽命真的只剩下兩年，我要如何在人生的舞台上，留下最美麗的背影？」汪中仁，陷入了前所未有的省思。

掌握人生的下半場

「人的盡頭，就是神的起頭。」這道理，有時候還真的不得不信。一九五六年出生，受到擔任牧師的二哥影響，汪中仁在一九六九年三月九日，十三歲就受洗成為基督徒，但他認為自己在信仰上從未深刻紮根。

直到罹患癌症之後，他才真正更新他的生命，重新建立和上帝之間的關係。

「以前我不愛傳福音，常把它當成是基督徒的責任，信不信是對方的事；現在是我愛傳福音，不但希望對方信耶穌，生命還要真正的改變。」汪中仁興奮地說。

主要的轉折在於，汪中仁第三次被告知罹癌噩耗時，絕望之際，曾經向上帝做了一個禱告。當時他向神禱告說：

「神啊！只要祢醫治我，我就把人生的下半場用來服事祢。」

差不多也是在那時候，有個服事機會出現了。二〇〇八年九月，教

會附近的一所學校校長，主動詢問汪中仁的妻子，能不能為學校的弱勢學童開設「課後陪讀班」，讓一些家庭經濟較不穩定的孩子們，放學之後有地方可以去、晚餐有東西可以吃、還有人可以教他們念書和寫功課。

這麼有意義的服事，汪中仁和妻子很快就決定要承擔這個重責大任，並在同年十一月開班，正式命名為「培力班」——顧名思義，就是要培養孩子們的能力。

至於是哪些能力？汪中仁解釋，除了讀書能力之外，還包含了孩子們的生活能力、品格能力，以及生命的活力。甫開班，就有五個孩子來報到。

培力班開始運作之後，隔月，汪中仁前往醫院複診，醫生竟然告訴他，右肝的腫瘤已經不見了。後來為了保險起見，汪中仁還是堅持請醫生開刀，結果再次證明，原本轉移到右肝的癌細胞，果真奇蹟似的消失。

「太不可思議了！這真的只能用『神蹟』兩個字來形容，也更加堅定了我要透過培力班來服事上帝的決心。」

即使已經是二〇〇八年底的事了，汪中仁內心的激動和震撼，仍清楚可察。

當時的汪中仁以為，右肝癌細胞的消失，是上帝為他預備的唯一神蹟，絲毫沒料到，還會有更多更大的恩典，隨之降臨。

「投入培力班的運作，另一個最大的祝福，就是我們一家四口的關係更緊密了。」

汪中仁解釋，自從得了癌症，因為受不了身體疼痛，加上做了人工造口，身上總會隱隱散發出一股臭味，造成心理自卑，讓向來耐得住性子的他，脾氣開始變得很差，經常對家人動怒。

尤其當他在半夜因為拉肚子而無法睡覺時，看到家人卻在呼呼大睡，更是讓他心裡很不是滋味，不免會質疑地想：

「家人不是應該同甘共苦嗎？」。

然而必須承認，我們都是人，不是神。既身而為人，就會有所謂生理和心理上的忍受極限，在最痛、最受苦的當下，想法難免會負面，同時避免不了情緒上的發洩。

汪中仁坦承，當時連上帝都成了他抱怨的對象。但他之所以能夠穿越死亡風暴，懷著喜樂的心，走到今天這一步，轉化的關鍵在於——他願意面對內在的軟弱，同時學習從上帝的高度來看待眼前的處境。

「痛苦會讓人真正和神面對面，沒有痛苦，代表還有路可逃。當一個人陷入無法承受的痛苦，才會開始懂得謙卑，被神徹徹底底的翻轉。」汪中仁說。

更重要的是，汪中仁有一顆願意付出的心。當他和妻子開始投入培力班，幫助越來越多的弱勢學童，他的 對子女也跟著相繼投入，各自扮演著不同的角色，彼此配搭、彼此激勵，一家人的心也因此變得更靠近。

也就是在這時候，汪中仁才真正體悟到，原來家人所給予他最大的愛，就是一直無怨無悔地陪在他身邊。如今，姿態轉換，心，卻溫熱如昔。

原來，當初將他封閉起來的，正是自己。同樣地，當他願意主動敞開心胸的時候，生命格局也跟著一一開展。

現在的汪中仁，不只經常帶著吉他到台大醫院唱詩歌給癌症病人聽，還經常受邀做見證，被冠上了抗癌宣教士的稱號。

「我現在傳福音，說的話跟以前差不多，但得了癌症之後，影響力就不一樣，聽的人會覺得多了生命力，所以我已經能把癌症當成好朋友，我感謝它，沒有這個癌症，我不懂得苦難的意義，也不會明白神恩典的重要。」

真實走過病痛熬練，汪中仁的這番話，語重心長。

短短的三年間，三度從死亡關前被贖回，終於讓汪中仁發現自己身而為人的存在價值和意義，也找到了人生舞台上，最精彩的身影。

汪中仁的第二人生，未完待續⋯

同場加映

鼎為煉銀，爐為煉金；
惟有耶和華熬煉人心。

人生的「STOP鍵」

第一次聽聞汪大哥罹患癌症的故事，是在新加坡知名藝人東方比利的見證會上。

熟悉東方比利的人可能就知道，汪中仁是他的三哥，大哥汪中和，則是中央研究院地球科學研究所的研究員，因為參與陳文茜製作的《正負2度C》紀錄片，聲名大噪。

汪大哥的故事，讓我想起一部美國電影《Click》，台灣將其翻譯為《命運好好玩》。

這是一部啟發人心的電影，劇情主要在描述一位渴望功成名就的建築師（Adam Sandler 飾演），某天奇妙地得到一個神奇遙控器，可以用來控制所有的東西——包含他的人生。

可以隨心所欲的點播人生，對一心想成功的男主角來說，顯然是天上掉下來的禮物。尤其是當他在生活中遇到不合乎心意的事，就會利用遙控器的「Forward 鍵」快轉，省略一些生活情節，因為在他看來，那些不討人喜歡的部分，根本不重要。

一直到後來，男主角發現自己的人生越活越糟，接連失去婚姻和親情，才趕緊利用片段回顧的方式，回到過去尋找原因。

也就是在這時候，他才真正體悟到，原來所謂的「人生」，並非只是從出生到死亡的直線過程，而是許許多多深刻片段的組成，而且每個片段之間，互為因果。

換句話說，一個人對於當下處境的回應態度和方式，往往主導了接下來的劇情走向。

焦點拉回到汪大哥身上，情況又何嘗不是如此呢？活了大半輩子，他一直以為，人生什麼事情都是在自己的掌握之中。

誰知道，計畫趕不上變化，四十八歲那年，大腸癌的現身，彷彿一隻手握神奇遙控器的手，硬生生地對準他的人生，按下「STOP 鍵」——原本行進中的人生，瞬間停格。

停止鍵，讓汪大哥被迫從忙碌的生活中，停下來省視自己的一生，卻無法像電影中的男主角一樣，將抗癌過程中最受苦的情節，直接快轉。但實際上，也正因為有了那些苦難歷練，才得以造就出今天的汪中仁。

訪談過程中，汪大哥有一段話，讓我印象特別深刻。他說：「正因為我們是人，才必須要透過體驗來累積智慧。當我體驗癌症以後，對於生命的看法又不一樣，沒有真正的體驗，是幫不了人的。」

苦難如同一把斧頭，劈落的當下，真的很痛！很痛！然而事過境遷，當時間長河隔出自身和苦難之間的距離，站在彼岸的我們才赫然發現，上帝已經藉由一刀刀的苦難，將我們雕琢成一個更好的人。

也唯有生命能夠影響生命。汪大哥勇敢抗癌所帶出的強大感召力，使得更多人願意藉由聆聽他的故事，重新省視自己的生命和信仰的意義。無庸置疑，汪大哥的第二人生，遠比第一人生來得精彩可期。

4

請你先在天堂等我

【阿東嫂】

Please wait for me in paradise in advance.

臨走前，阿東伯還一直說：

「我真的很捨不得放你一個人。」

阿東嫂就跟他說：

「請你先在天堂等我。」

這是一封丈夫寫給妻子的訣別情書。

媽咪：

妳好辛苦，我們一結婚，就給妳很大的打擊。

接二連三發生重大疾病，婚後沒有享受到什麼，只有痛苦及失望。

尤其是妳退休之後，結果讓妳失望，無法實現妳遊玩的盼望，實在對不起媽咪。

媽咪，我生病期間，妳即（以）堅強的毅力照顧我，妳付出完全的愛心，任勞任怨、犧牲奉獻的精神。

我沒有適當的言語及文字，可以表達我對你的感謝，最後還是「謝謝」。

二〇〇七年十月四日 手於家裡客廳 宋阿東

我從不知自己擁有那麼多

宋阿東，人稱阿東伯。

寫這封信給阿東嫂的三個月前，剛被醫院診斷出罹患大腸癌，開刀切除腫瘤時，醫生診斷只是第一期，威脅不大。

但時隔幾個月，阿東伯的癌症指數一路攀升，甚至出現下半身癱瘓的狀況，到醫院照X光才發現，癌細胞已經擴散到脊髓，情況相當不樂觀。

死亡，進入倒數。

阿東嫂當然無法接受這樣的事實。檢驗報告的內容，白紙黑字，任誰也改變不了。

從小就篤信基督教的阿東嫂，轉而求助上帝，透過每天迫切禱告的方式，祈求奇蹟發生。無奈，事與願違，讓她一度心灰意冷。

「那時候真的很灰心、很生氣，還直接跟上帝說，上帝啊！我的禱告祢都不會聽喔！我那麼努力的禱告，上班前在家裡禱告，開車也在禱告，吃飯也在禱告，下班也在禱告，祢都沒應允我的禱告，難道是我的禱告功力不夠嗎？」

阿東嫂轉述當時對上帝的抱怨。

當時，阿東伯已經住進安寧病房。或許是來自於上帝的靈感啟示，聽阿東嫂這麼一說，便回答說：

「媽咪，妳知道嗎？上帝一直都在照顧引領妳的路，賜妳平安、賜妳健康，這樣妳才能好好照顧身邊的病人，上帝的愛已經顯明在妳身上。」

這幾句話有如當頭棒喝，讓阿東嫂整個人清醒了過來。

「爸爸，我都沒有想到這樣的事情耶，只是一心一意祈求上帝要把你醫好，卻從來沒有想到，原來自己擁有那麼多。」阿東嫂感動地說。

那一刻她才明白，原來上帝的恩典常會以不同的方式顯現，未必都是照著人的意念而行。道理正如《聖經》上所言，神的意念高過人的意念。

更何況，這已經不是阿東嫂第一次面對失去丈夫的可能。

事情是發生在一九七二年十一月。

當時還在空軍基地服務的阿東伯，某天從部隊返家，帶著阿東嫂一起去看電影，不知怎麼地，電影才演到一半，腰部位置突然出現一陣劇痛。

隔天到醫院做檢查才發現，兩顆腎臟裡頭，各有好幾顆花生米大的結石，因為腎結石掉落到輸尿管造成尿液阻塞，才會引起腰部疼痛。

要不要開刀取出？阿東伯和阿東嫂並沒有花太說時間在討論這件事，因為開刀取出

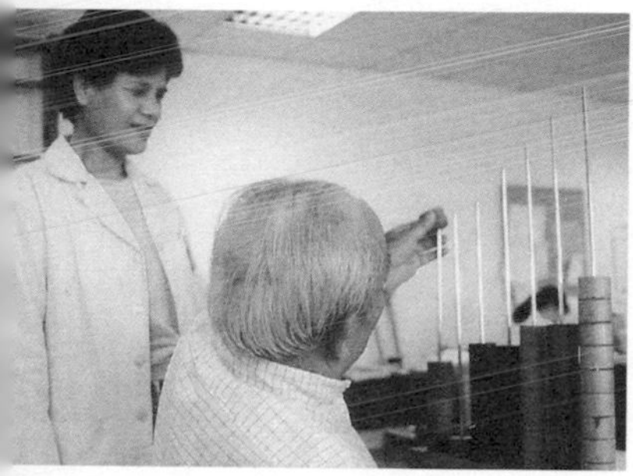

腎臟裡面的結石，並不是太困難的一種手術。

具有醫護人員背景的阿東嫂心想，雖然是一次處理兩邊的腎臟，但只要休息一陣子，應該就沒事了。

誰知道，情況並沒有想像中單純。阿東伯開刀一個多禮拜後，右邊排液管突然出現大量血水，又被送進手術室開刀。

眼見出血情況還是沒有改善，只好再開刀將右腎切除，只留下一顆左腎，也因此預告了日後將要洗腎的命運。

夫妻倆的心情都陷入谷底。年僅三十歲就失去一顆腎，讓從小身體就不好的阿東伯，心裡更加忐忑不安了，不知道接下來的人生，還有什麼難關在等著自己。

阿東嫂也沒好到哪兒去，挺著八、九個月的大肚子，一邊在醫院的工作，一邊還要照顧住院的丈夫，簡直累壞了。

然而比起身體上的累，更讓阿東嫂難以承受的，是內心的煎熬。

「我這輩子哭得最慘的，就是他開腎臟的時候，因為那時候才剛結婚沒多久，又懷了第一胎，很擔心他年紀輕輕就走了，孩子沒有爸爸怎麼辦？」

阿東嫂娓娓道出當時的不安和恐懼。過程一波三折，阿東伯總算度過這一關，還看著兩個寶貝女兒接連誕生，盡享天倫之樂；三不五時，還會騎著摩托車，載阿東嫂到處去遊玩，好不快活啊！

那時候的阿東嫂常想，日子，若能這樣一直過下去，該有多好？

再忙都不能停止學習

阿東嫂當然會不安。

天生體質就比較差的阿東伯，據他的母親說，剛出生的時候，身上就罹患一種奇怪的皮膚病，連醫生都找不到原因。就讀小學的時候，還曾經因為罹患流行性感冒，某天突然口吐白沫，一度命危。

再加上，家境清寒的關係，成長過程中，阿東伯經常是餓著肚子去上學，健康情況一直不是很穩定，大病小病不斷。

直到三十歲那年，在姐姐的牽線下認識阿東嫂，交往一年後共結連理，人生才總算進入一個比較安穩的狀態。只不過這樣的安穩，並不包含健康。

自從三十一歲那年，因為腎結石和腎出血的問題，連開三次刀；四十三歲時，阿東伯又因為長年服用血壓藥，導致胃出血；五十歲時，某天熬夜忘了服用血壓藥，發生中風，自此之後，身體狀況便急速走下坡。

阿東伯在手稿中提到，中風之後，他就經常出現精神無法集中、睡不好、食慾不佳、容易疲勞等症狀。

再次到醫院做檢查，醫生透過腹部超音波發現他的左腎已經萎縮，便告知必須洗腎。那一年，他五十六歲。

阿東嫂的奔波日子，也就此展開。

「阿東伯在我工作的那家醫院洗腎，為了接送他洗腎，我都是趁著上班前，先把他送到醫院的洗腎中心，一洗就是四個小時。等到中午十二點半的休息時間，跑去洗腎中心接他回家，之後再趕回到醫院上班，過程真的很累，」阿東嫂描述。

洗腎，一周三次，光是例行性的接送就已經夠累人了，更別說，若是碰上一個月一次的回診，阿東嫂還得向醫院請假。

當時她便想，再這樣下去也不是辦法，算一算自己的年紀也五十好幾，又符合退休年資，有天就問阿東伯：

「我是不是要來退休了？」

阿東伯一說好，阿東嫂就真的退休了。

以傳統婦女美德的標準來看，阿東嫂的決定著實可圈可點。但如果因此以為，她是一個生命裡只有工作和家庭而完全沒有自己的女人，那可就太小看她了。

即使人生角色隨著每個階段不同而持續轉換，肩頭上的責任和壓力也越來越大，阿東嫂卻不曾停止學習。

「從小，我就是一個比較好奇的人。」

阿東嫂進一步舉例說，自己小時候個性就很男性化，常常跟著年紀相仿的侄子一起爬樹、玩陀螺，有時甚至還會打架。

但有天，看到姐姐們拿著勾針在勾東西，好奇極了，便向父親央求要一支勾針；隔幾天，看到姐姐們拿棒針織毛衣，一樣很好奇，又再向父親央求一支棒針，還有模有樣學起了如何用手織毛衣。

長大後，阿東嫂的好奇心一樣不減。一九八三年，為了從護士轉型成為復健師，她開始到花蓮署立醫院參加培訓，過程中不只要上半年的學科課程，還得到醫院實習。

當時，復健醫學在台灣剛起步，實習單位大都集中北部，即使當時已經年近四十，孩子一個十歲、一個八歲，她還是毅然決然選擇到北部醫院實習，經常往返於台北和花蓮之間。

後來，基於培訓需要，阿東嫂還曾經在台北待了快一年，只能趁著

周末返回花蓮。

「每到禮拜四，就會接到小孩子的電話說，媽媽妳要回來喔！聽到她們這樣子講，心裡就會很不捨，」至於為什麼會在台北待那麼久，其實也是因為她太好學，想把每一科都走完（如物理治療、職能治療、語言治療等）。

「那麼好的機會，我就想說什麼都去看一看、學一學啊！」阿東嫂笑著說。

真的不只是說說而已。當時，很多一起參加培訓的同事，後來都基於家庭或是其他理由放棄了，阿東嫂卻堅持到底，讓同事們都直誇她：

「很勇敢！」

受訓期間，為了利用周末短短一天半的時間，搭火車回花蓮陪家人，還鬧過不少笑話。

比方說周六上課到中午十二點，為了趕搭下午一點多的火車，阿東嫂常常得用跑的才會來得及。

有一次，跑著跑著，高跟鞋的鞋跟竟然卡在樓梯的防滑墊，眼看火車就要開走了，她一個彎腰，奮力將高跟鞋拔起之後，顧不得一隻腳沒穿鞋，就一拐一拐往車廂直奔，最後還是被其他乘客從後面一推，才順利趕上。

好生動的一幕啊！

足見阿東嫂的學習毅力有多強。更動人的是，她還將這樣的精神，發揮在對阿東伯的照顧上。

最後一個「愛的抱抱」

就在阿東伯開始洗腎的四年後，一次突如其來的死亡警報，讓阿東嫂再度繃緊神經。

至今她仍清楚記得，二〇〇二年十月的某一天，人在家中的阿東伯突然心律不整，停止呼吸。

她見狀，趕緊幫阿東伯施行CPR（cardiopulmonary resuscitation，心肺復甦術），三個循環下來，阿東伯才「呼」一聲，開始恢復意識。

阿東嫂真的急了。拿起電話，胡亂按下腦海中的一支號碼，撥通後才知道對方是阿東伯的外甥女，人就住在附近。

對方聽她語帶顫抖，連話都講不清楚，就知道一定是出事了，趕緊前來幫忙將阿東伯送往醫院，發現心臟血管阻塞的情況已經非常嚴重，必須開刀裝支架。

警報，尚未解除。就在阿東伯洗腎的同時，心律不整的情況再度發生，院方趕緊施行電擊，才救回一條命。

之後，被送往大型醫院做心導管檢查時，因為只採取局部麻醉，過程中阿東伯還可以跟醫護人員說說笑笑，直到醫生說：

「好，我們現在先不講話喔！」

阿東伯就真的安靜了，安靜到，連心跳都沒了。

可想而知，接下來又是一連串的急救動作。阿東伯終於還是被救回來了，並改做心臟繞道手術。

「當時真的是走投無路，只能硬著頭皮接受這個事實⋯，推進手術房時，我看著媽媽（阿東嫂），心裡好難過，好像要生離死別一般。」

阿東伯在手稿中如此寫著。但阿東嫂的心情何嘗不是如此。她回憶說：

「當時，我的心裡非常害怕，就拉著女兒跪在家裡的床邊，大聲呼喊上帝，說，上帝啊！求祢實現我的願望，請祢悅納我的請求，因為我只有靠祢才能得著我的一切，只有祢能幫助我。」

言及至此，阿東嫂有些不好意思，額外補了一句，說：

「當時我真的呼喊上帝呼喊得很大聲，搞不好接坊鄰居都聽得見，還被我嚇到也說不定。」

鄰居有沒有真的被嚇到？早已不可考。重要的是，阿東伯順利完成了繞道手術，還安穩地多活了八年，直到二〇一〇年六月十五日，才因為癌症的關係，離開人世。

告別的前幾天，他仍不忘給阿東嫂一個溫柔的擁抱。那一天，阿東伯突然開口說：

「媽咪，妳過來讓我愛的抱抱。」

坐在病房一角的阿東嫂，摸不著頭緒，但還是照做了。

當時的阿東伯已經被癌細胞折磨到瘦骨如柴，所謂的擁抱，其實也只是和一堆骨頭碰撞，但因為夫妻之間多了一份心靈相通，感覺就不一樣。

「抱起來很舒服、很幸福厚？」阿東嫂逗弄似地問。

「對啊！感覺真好。」

軍人背景出身的阿東伯，語氣突然變得好溫柔，神情盡是滿足：

「真的好幸福喔！」

那是最後一次這麼靠近了。沒多久，隨著阿東伯的安息，天人永隔，倆人將近三十九年的牽手情緣，正式畫下句點。

據阿東嫂說，阿東伯臨走前還看到天國的門已經打開，便以極為柔和的口氣說：「請開門，把門打開來。」一連說了好幾次，然後就安詳地離開人世，臉上掛著微笑。

「阿東伯曾經說過，他真的很捨不得放我一個人，我就跟他說，你先在天堂等我，總有一天，我們還會再相會，」

阿東嫂是認真的。

信物，就是阿東伯寫的那一封老情書。

同場加映

愛裡沒有懼怕；
愛既完全，就把懼怕除去。

誰說，牽手不能一輩子？

那是一個寂靜的夜晚。

我永遠都忘不了，坐在阿東嫂家的客廳，聽她講述生命故事時的複雜心情。

一位年逾六十的原住民婦女，用一種極為和緩的語氣，娓娓道出一段至死不渝的愛情，劇情平凡，卻切中人心。

當然，「愛情」那兩個字是我加上去的。因為比起現代人，動輒為混亂的情感關係冠上愛情這個名詞，我認為，阿東伯和阿東嫂之間的關係，應當更符合愛情的真實定義，只不過，老一輩的人不習慣以此命名。

什麼是愛情的真實定義？

套用美國心理學家斯騰伯格（Robert Sternberg）提出的「愛情三元論」，一段比較成熟的愛情，其實應該包含親密（intimacy）、激情（passion）和承諾（commitment）。

簡單來說，「親密」就是彼此心靈交流、「激情」是莫名地被對方吸引，「承諾」則是指願意透過婚姻和對方廝守一輩子。

曾經，我問阿東嫂，所有的追求者當中，阿東伯的學歷和職業都不算突出，妳為什麼會選他？阿東嫂回答：

「我也不知道，就是被電到了。」

曾經，我問阿東嫂，大多時候都是妳在照顧阿東伯，他說妳是他的天使，那麼，阿東伯又帶給妳什麼呢？阿東嫂回答：

「他對我很好啊！都會陪我到處去玩。旁人對我有意見的時候，他也會站在我這邊，很支持我。」

原來如此！

正因為兩個人的關係中，具備了激情和親密的條件，加上決心信守婚姻承諾，讓阿東嫂無論再苦再累，始終都對阿東伯不離不棄。

我在想，換作是阿東嫂需要人照顧，阿東伯應該也會如此付出吧！

阿東嫂另一個讓我敬佩的態度是：從不停止學習。

身為職業婦女，除了要照顧家裡的兩個孩子，還得經常陪丈夫治療大病小病，阿東嫂其實比任何人都還有資格說：

「我沒有時間可以學習新事物。」

她卻不然，還長年維持不斷進修的習慣。

就我所知，阿東嫂除了擁有護理和復健兩項專業，退休至今，還陸續完成了居家照護和褓姆等專業培訓。每當有人問：

「妳何必這麼辛苦，明明都已經學護理了，幹嘛還要去學居家照護？」

阿東嫂都會認真地解釋，說：

「那不一樣啊！護理的領域比較大，居家照護學的比較細，而且活到老學到老，我就是喜歡充實自己、喜歡學習啊！」

學習，是一件很個人的事情，只要從中得到滿足和自我實現，熱忱便能延續；愛情，其實也是一樣。

只要能在一段關係當中，找到值得堅持下去的理由和動力，誰說，牽手不能一輩子？

5

外星人的內心爭戰

【何紀瑩】

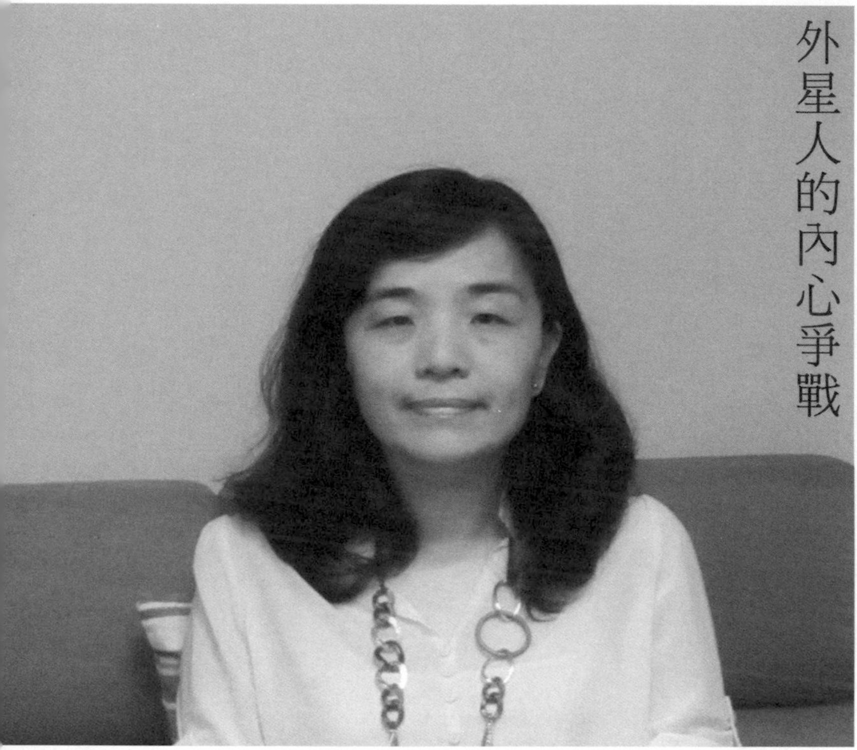

The inner struggle of E.T.
(extra-terrestrial)

她，宛如一個外星人，
在一場星際大戰不慎被擊落到地球，
醒來後，用外星人的邏輯活在地球，
導致內心的爭戰，不斷上演。

懂事以來，何紀瑩就發現，這個世界的運作邏輯和自己認知的完全不一樣，充滿了不公平，尤其是在她的原生家庭。比方說：

為什麼一樣是家裡的孩子，她和弟弟的待遇卻截然不同？

為什麼同學可以念高中，她卻要聽父母的話，只能考師專？

太多太多的為什麼，塞滿幼小心靈，讓何紀瑩幾乎喘不過氣。

有次，實在受不了了，年僅十一歲的她，無助地跪在浴室裡，呼求上蒼，說：

「任何一個神啊！不管祢是釋迦摩尼，是菩薩，還是耶穌，都可以，只要祢是真的，請向我顯現，我就跟隨祢。」

當時會在浴室做這樣的禱告，是因為那天晚上父母親吵到天翻地覆。

每次都一樣，父親只要和母親起爭執，就會歸咎於「妻不賢，子不孝」，身為長女的她不覺把責任扛在身上。當走投無路了，只好躲進浴室向上蒼求救。

但其實更早之前，何紀瑩就做過類似的禱告。

「小學一年級還住在嘉義老家的時候，有天，我一個人站在田埂間，見四下無人，就跪下來做了一個真誠的禱告，內容一樣是說如果祢是真的，就讓我知道祢是真的。」

何紀瑩始終相信，這個世界上真的有一位神，祂不只真實存在，還比父母親來得可靠。

問題是來自靈魂深處的呼求，宇宙間的那一位真神，聽到了嗎？或者，換個方式來問，外星人對原始星球發出的求救訊號，有被接收到嗎？

用憤怒與反抗來保護自己

「那種感覺真的是太痛苦了！」

何紀瑩回憶起童年時期的自己，這樣說的：

「我的原生家庭跟一般家庭一樣，父母並沒有那麼了解小孩，更不知道如何照顧像我這麼敏感的小孩，因此就會在親子衝突中，產生一些傷害跟影響。」

早年的台灣社會，父母親的權威很高，雖然真的不是刻意要跟父母親作對，只是小小的心靈始終不懂，為什麼大人不能公平對待家裡的每一個孩子。

但每當自己提出質疑時，原以為情況會改善，沒想到卻換來更大的精神或肢體打壓。

「這些年過去，我慢慢了解，我媽沒有辦法很勝任母親的角色，是因為她本身出自於一個更兒虐的家庭，如果現在用比較專業的眼光來看，她的行為某個程度上是可以被理解的。」

心理諮商專業的背景，幫助何紀瑩對於早年的母親，有了另一層的理解。但兒時所承受種種委屈，依舊那麼清晰。

就拿最簡單的生活起居來說，學生時代的何紀瑩，經常處於餓肚子的狀態。母親沒煮飯不是因為家裡沒錢，而是不擅烹飪，往往得花上很長一段時間，才能煮好一頓飯。

加上那個年代流行做家庭手工，一趕工起來，想要有飯吃就更不可能了，長期早餐和午餐沒得吃，也讓她很小的時候就鬧胃痛。

更讓何紀瑩無法忍受的是，母親只為她買一套制服，還經常忘了洗，臨時胡謅一通的結果，就是得穿著濕制服和濕襪子去上學。甚至有長達一、兩年的時間，她連一套合格的制服都沒有，只能穿著便褲到學校，心裡實在難為情極了，也常因此發脾氣，以示抗議。

日常生活中的大小衝突不斷，倒也就罷了。何紀瑩真正的一次情緒大爆發，是為了國中畢業要不要念師專這件事。

師專，全名為師範專科學校，專招國中畢業生，公費制度加上畢業後直接擔任小學老師，吸引年輕學子報考。

曾經有統計顯示，師專的錄取率幾乎都不會超過百分之十，有時甚至更低；直到一九八七年，因應教育政策的改變，全台灣九所師專升格為師範學院，師專才正式走入歷史。

一九六五年出生，何紀瑩國中畢業那一年，師專仍舊是許多家長眼中的升學首選。雖然成績向來優異，何紀瑩卻極不願意照著家人的意思去就讀師專，還因此掀起一場空前的家庭風暴。何紀瑩回憶：

「當時我爸媽氣壞了，還狠狠地修理我一頓，簡直像是被圍毆，事後還有很多的言語控告，對一個小孩子來講，那真的是很可怕的傷害。」

但有哪個孩子天生就想讓父母親失望呢？即使行為上抵抗，骨子裡，何紀瑩還是一個順服的小孩。

談判後的結論，就是何紀瑩可以繼續念高中，但畢業後一定要考上同樣是公費制的師範大學。而且為了證明三年後的她具備這樣的實力，眼前還是得先去師專應考。

換句話說，如果她現在能考上師專，家人就答應讓她去念高中，延後三年再進入師範體系。

何紀瑩果真考上師專，分數還比高中聯考來得好，但照著她當初的意願，最後還是選擇就讀台南的第一志願——台南女中。

如今，三十多年過去了，歲月洪流早已沖淡情緒糾結。談起這段腥風血雨的革命史，何紀瑩顯得雲淡風輕，但以一個心理學專家的角度看待當時的自己，不捨在所難免，也有了更多的同理心。

「像我這麼敏感的小孩，如果沒有沉澱下來，很多不滿我都會用憤怒呈現出來，因為我需要藉由反抗來保護自己，讓自己強壯起來，而且面對他們，採取憤怒這一招是有用的。」

考了「第一名」還是空虛

如同電影《侏儸紀公園》所言：「生命，總會找到自己的出口。」藉由憤怒和頂嘴等激烈手段，確實讓何紀瑩為自己的人生，爭取到部分的轉圜餘地，但終究不是長久之計。因而，內心對於宇宙真神的呼求，不曾停止過。

「當時我並不知道那一位神是誰？但我一直相信，祂有聽到我的呼求，而且在冥冥之中幫助著我。」

何紀瑩第一次強烈感受到所謂的「上蒼」的幫助，是在大學聯考那一年。

她表示，高中三年的成績雖然都有一定水準，但表現還是起起伏伏，能不能如願考上師範大學，其實自己也沒把握。

為此，她還在考試前一天徹夜禱告，乞求上蒼一定要幫她考上師大，不然就要去當女工了。沒多久，聯考放榜，何紀瑩不只如願考上國立台灣師範大學國文系，實際分數還跟事先預估的吻合，連小數點都一樣。

那時她便確定，真的有一位神在幫助自己。

確據很重要！證明自己在這個世界上，縱使遭遇那麼多的傷害和不被理解，也並非孤單一人。

光是這一點，就足以讓一個心思敏感的孩子，鼓起勇氣繼續走下去，且積極尋找此生的命定——何紀瑩的生命轉化，就此展開。

如願進入師大國文系就讀，既享有公費又保障就業，人生大致底定，這對一些渴望安穩生活的人來說，著實是一件好事，對何紀瑩來說，卻是一場災難。

「念師大就已經知道自己的未來，讓我覺得很恐怖，想多一點就會怕，像是領退休金就代表離死亡不遠了。很多人都說不要想那麼多，但我就是要想那麼多，我比較不騙自己，也比較願意去正視一般人不願意面對的東西。」

人，是該要逼視生命，因為那攸關靈性的進化。但實情是，絕大多數人通常能掩面就當作沒看見，能摀耳就當作沒聽到，日子得過且過，直到遭逢巨變或是被「空虛感」追趕到無路可逃，才不得不正視問題。

何紀瑩比一般人更願意時時檢視生命狀態，正是因為她從小就被一股強烈的空虛感所籠罩。

「從小，我就積極爭取很多第一名，只為了讓自己快樂，直到國中就讀一所明星中學，發現裡面學生幾乎都是那個縣市的第一名，我才開始反問自己，繼續爭取第一名幹嘛？」

當時她便理解到，內心的空虛，已經不再是下一個第一名可以填滿了。

人外有人，天外有天。一個只懂得用「贏」來取得短暫滿足的人，註定永遠得不到真實的快樂，認清這一點之後，何紀瑩轉而尋求關於永恆的答案。

她想知道，若是生命中的一切追求，最終都會消失，那什麼才是永恆的呢？

答案，終於在就讀大一的時候，清楚顯現。

一直以來，都有人主動向何紀瑩傳福音，但她是在升上大學之後，才固定前往教會聚會。

一開始，還是抱持著一種像是「混社團」的心態，對於所謂的基督教信仰，並未那麼認真看待，更別說會有什麼心靈觸動了。

「很多人以為到教會就是認識神了，但其實注意力都在人的身上，或是自己的身上。」

何紀瑩進一步以自己為例，她說：

「第一年我也是這樣，所有的禱告也都是以自我為中心，都在指揮神，指揮到最後連自己也很煩，禱告是要讓人感到平安，可是我卻越禱告越煩躁。」

用錯誤方式禱告大半年，終於，在一次禱告中，何紀瑩突然想通了。

「有一天我突然平靜下來，頓悟到說，自己身為一個平凡人，應該是我要聽神的話，那時候才發現，原來我以前都在操控上帝。當主從順序對了，心，自然就平靜了，因為上帝會帶路。」

在上帝的帶領下，何紀瑩開始將眼光從追求外在世界的成功，轉而探索自身的內在世界，也因此看到了，過去成長背景所導致的混亂和破碎。

這是一個決定性的看見。何紀瑩開始渴求獲得心靈上的突破跟療癒，加上曾經在禱告中，清楚聽到上帝啟示，要她成為一個幫助別人的人，於是便開始思索轉系的可能性，目標是師大的熱門科系之一：教育心理與輔導學系。

平息外星人的內心爭戰

也許一切在冥冥之中，早有命定。

那個年代，全台灣的心理相關科系，大多被歸在理工組，只有師大的教育心理與輔導學系是歸在文組。

文組出身的何紀瑩，正好就是師大的學生，機會不偏不倚就落在眼前。國文系大二升上大三那一年，她便實際採取轉系行動。

面試那一關，奇蹟似地化險為夷。當時系主任曾經挑戰她，說：

「妳想要幫助別人，好好把國文系念完，畢業後，當個國文老師也可以幫助別人啊！為什麼一定要轉系？」

該如何回應這樣的問題呢？

以何紀瑩當時一個不到二十歲的女孩，若是一時語塞，可能就被打回票了。沒想到，她卻神來一筆，回應系主任說：

「是啊！若是繼續就讀國文系，我會努力做一個很好的國文老師。但我有信心，一定可以成為一個更好的輔導老師。」

「很好」的國文老師跟「更好」的輔導老師，兩相對照，果然成功說服在場所有的面試官。

事後回想起這一段，何紀瑩深信，當時一定有上帝的同在，才能讓她在面試時對答如流。

只不過那個年代的心理諮商環境，不像現在那麼成熟。何紀瑩轉系之後，也不是一開始就很順利，不只要學一些特教方面的專業，還要養小白鼠來做實驗，之後再寫實驗報告，真正有關諮商或輔導的課程反而不多。

「那時候我才體會到，原來上帝要我們走一條路，即使方向對了，也不是凡事都『傳便便』（台語，現成的意思）。」

如同人活著，若是一開始就知道，出生到死亡的過程中會發生哪些事，多沒意思？生命的重點就在於，要親身去經歷。唯有親嚐過人生的酸甜苦澀，靈命才能成長，且從中感受到上帝的同在。

何紀瑩的助人工作之路，就是靠著上帝帶領，在困境中一步步摸索出來的。

衛理協談中心

「上帝有一個超然的眼光，知道我走這一條路會比當國文老師還適合，我很慶幸走對了路，當時的勞累和多學多做，現在看來也都很值得，但過程中要懂得忍耐，也要學會等候最佳時機的到來。」

學習上帝的超然眼光，長大後的何紀瑩，回頭看待早年的生命經驗，也開始有了新觀點。

「小孩子的眼光多少會有扭曲跟偏差，長大後重新發現真相就會比較知道說，很多的是是非非跟小時候看得不完全一樣，也會給父母親一個比較合理的定位，好的其實沒那麼好，壞的其實也沒那麼壞，大家都盡力了，包含我自己。」

不愉快的記憶，不會憑空消失；過往的傷痛，也依舊真實。但眼光更新了，領略到受苦的意義，自然比較容易做到理解和寬容，進而接納自己的父母親並非全能，也接納自己曾經年少無知。這，便是所謂的成長。

同樣地，透過助人工作看盡人生百態後，何紀瑩也不在受困於早年的生命議題。

「一直以來，我都在追求公平，後來不在這個議題上掙扎，是因為苦難是平等降臨在每個人身上，這就是一種公平。」

她接著說：

「我以前認定自己的際遇不公平，但也許我在其他人眼中看來，也讓某些人覺得不公平，這怎麼說呢？每一個人都擁有選擇的機會，端看自己選擇怎麼做或是怎麼想。」

即使生活在地球上，待人處事的方式依舊不太社會化，外星人的內心爭戰卻已大幅平息，因為她已經順利連結上了宇宙真神，找到悠然自處的生存邏輯。那樣，便已足夠。

同場加映

壓傷的蘆葦，祂不折斷；
將殘的燈火，祂不吹滅。
祂憑真實將公理傳開。

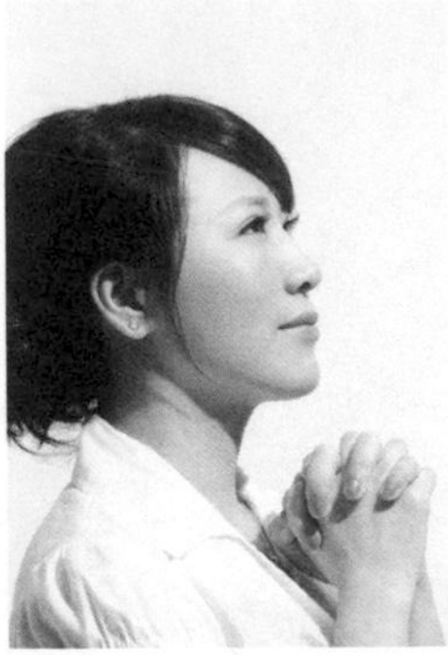

何老師的這一堂生命課

用外星人來形容何老師，因為我也經常感覺自己像是外來族類。

從小，無論是想法或行動，總是不斷在和這個世界碰撞，渾身是傷——特別是內在的傷。

那真的是一段很辛苦的成長過程。天生心思敏感的人一定能體會，也大多走過類似的心理歷程。

幸運熬過來的人，或許能借力使力，慢慢開創出一條自己的獨特道路；熬不過的人，就會比一般人更常陷於生命黑洞，找不到出口。

如何熬過來呢？我不知道其他人用什麼方式，但我和何老師一樣，都是依靠上帝的醫治和帶領。

曾經有位諮商前輩形容，心理助人工作者其實是「負傷的治療者」，若是不曾受過傷，助人工作者不會走上這條路。

而且，「真正的治療者，是能察覺自己靈魂底層的拉扯，願意與這個痛苦共處，並努力為之尋找整合方法的實踐者。」

何老師就是一個很典型的例子。她在採訪中提到，大學有段時間因為剛信主，很多既定認知和價值觀被顛覆，心靈深處亂成一團，影響到學業。

但也因為那個過程，讓她更知道一個人在混亂當中有多需要被幫助。而且生命的功課，層出不窮，當自己親身走過，就更可以理解個案處在什麼階段，需要什麼樣的幫助。

比方說，何老師在做青少年工作就特別上手。由於小時候就意識到，父母親不會成為自己的依靠，想要好好活下來，就得自尋出路，她特別能理解，問題青少年為什麼會去混幫派或是出現偏差行為。

何老師分析：

「我沒有變壞過，但充分了解那個心路歷程，因為父母親已經讓自己失望，要達到社會主流價值期待又很辛苦，所以加入幫派最快，馬上就可以獲得成就感。」

同樣地，正因為何老師也走過那一段，用「爭取第一名」來添補內在空虛的過程，特別能體會現代人的一些成癮行為，像是瘋狂購物、嗑藥等。

但理解不等於認同。何老師的生命轉化關鍵即在於，當絕大多數人都習慣用物質迅速填補空虛時，她卻選擇直接正視。

換句話說，當她發現第一名所帶來的快樂只是一時，便選擇放下那樣的追逐，轉而探索內在真實，而非原地踏步。

想像一下，一隻被關在籠子裡的白老鼠，每天在轉輪裡賣力奔跑，自以為正在前進，其實都在原地空轉，多恐怖啊！

何老師跳脫空轉的方式，就是不去否認或壓抑內在的不快樂。無論是內在的空虛不快樂，還是外在的困境，都是一種生命提示，幫助我們重新檢視當下的狀態，走出既定框架。

關於受苦。何老師也說：「靈魂受苦就好像身體疼痛一樣，是一種很好的警訊，提醒我們該去解決疼痛根源，身體才能維持在比較健康的狀態。」

反過來說，若是貪圖一時之便，每次都靠止痛藥來舒緩，表面上疼痛是被壓下來了，但背後的問題沒解決，只會讓身體每況愈下，甚至積勞成疾。

很棒的比喻。謝謝！何老師的這一堂生命課。

6

尋找一條「回家的路」

【李倩】

To find the road to go home

關窗，
是為了讓你發現：
門的存在。

故事，是這樣開始的。

世界兒童名著《綠野仙蹤》，主要在描述一場龍捲風的襲擊，將女主角桃樂絲帶往遙遠且不知名的地方，一趟曲折艱辛的返家之路，就此展開。

在台灣鐘錶精品界名號響叮噹的李倩，也是從小就在尋找一條「回家的路」。

只不過，對比桃樂絲要找的是一個外在的家，李倩不斷在尋覓的其實是——內在依歸。

「很小我就發現，無論父母教的、老師教的，還是道德或法律的規範，都無法完全套用在各種生活狀況。」

當時才十歲的李倩就已經開始不解，為什麼用父母教的道理，到這邊就行不通，用老師教的道理，到那邊就行不通，到底什麼才是值得依循的真理？

連串疑問，也化身為一股強大的龍捲風，將李倩拋向一段充滿未知的探索旅程。

為了尋找答案，李倩就讀國小三年級的時候就會翹課，一個人搭著公車，從起站坐到終點站，再從終點站坐到起站。

她這麼做的目的，只是為了「觀察」形形色色的路人，看大家都是如何在過日子？

一有機會，她還會到同學家玩，藉此觀察別人的家庭生活。

「我從十歲開始，就會到處去同學家看人家是怎麼過日子，看到同學媽媽幫她梳頭，讓我很羨慕，因為我媽怕麻煩，從不讓我留長頭髮。」

李倩對國小同學的記憶，一股腦兒全湧上來。

「還有一次，看到同學媽媽幫她做熱騰騰的早餐，也讓我很被打動，因為我媽也從來沒有幫我做過一次早餐。」

她接著說：「有位同學身上都有火腿的味道，去了她家才知道，原來她的爸媽在市場裡賣金華火腿。又有一位同學，制服都很筆挺，原來她家開乾洗店。」

隨便就能舉出班上好幾位同學的例子，李倩確實「考察」過不少人的家，但依舊無法解答懸在內心的疑惑：

「人生該以什麼樣的生活方式為依歸？」

要什麼，有什麼；但「愛」除外

一個稚幼的女孩兒，小腦袋瓜就裝載著許多對人生的大哉問，何以使然？原因和李倩的原生家庭有關。

出生於一九六六年，李倩的父親是上海人，早期在西門町一代從事西裝業，後來隨著台灣經濟的起飛，才轉行做建築業，家裡也因此經常有很多生意人來訪。

當時的那個小李倩，雖然涉世未深，每天看到父親和叔叔伯伯們應酬往來，多少也內化了一些社交手腕，讓她從小就很懂得察言觀色。

「我從小就懂得討爸爸的歡心，所以哥哥們想要什麼東西，都會找我一起商量，然後派我出面當說客。」

李倩笑著回憶兒時的點點滴滴，還半開玩笑地說：

「我從小就很有心機，開口向爸爸要東西之前，會先觀察他的心情如何，再伺機而動。」

李倩很得父親的寵。家中三個兄弟姊妹，她是唯一的女孩子，年紀又最小，想當然耳一定是被父親捧在手掌心。

她還記得七、八歲的時候，父母親就會特地幫她訂做禮服跟大衣，也經常帶她到百貨公司買最貴的衣服；牙疼了，父親會騎著機車載她找名醫看牙齒。

十二歲近視，父親也寧可花五、六千塊買一副隱形眼鏡，也不要她戴眼鏡，因為那樣太醜了。

家人的無條件供應，不只讓李倩從小就在物質方面不虞匱乏，還養成勇敢和自信的特質。

「這樣的成長環境，讓我從小就有一個很強的信念，只要是我想要的東西都可以得到，真的，不管是什麼東西。」

想要的東西都可以得到。那麼，愛呢？李倩坦承：

「雖然要什麼有什麼，家人之間卻很少把愛表達出來，加上爸爸的個性比較強硬，管教孩子的方式不是打就是罵，讓我即使在物質方面很滿足，心裡卻很空虛。」

原來，這就是李倩追尋人生真理和意義的起點。

周旋在眾多追求者之間

在找到關於真理的答案之前，李倩形容，自己的人生簡直是一團混亂。

或許是想彌補在原生家庭中，對愛的缺乏，十四歲，就讀國二的年紀，李倩就交了第一個男朋友；之後的感情紀錄更是驚人。

她先後交往過醫生、建築師、鋼琴家、貿易家，而且還同時劈腿兩、三個人。男友之間雖然都知道彼此的存在，卻也都刻意不拆穿。

李倩猜想，大概是因為他們是好人又很專情，所以都願意等待，看她會不會有安定下來的一天。

「我會交那麼多男朋友，是因為不管跟誰在一起，都覺得內心不踏實、沒有滿足感。後來我懂了，真正的原因是那時候根本不知道自己要什麼？才會和不同背景的對象，試一又試。」

回頭檢視二十出頭歲的自己，李倩如此自白。

體內住著一個不安定的靈魂，李倩連打扮也很特立獨行。

高中畢業，進入靜宜大學外文系就讀，當身旁女同學們都留著一頭長髮，文學氣質滿分的模樣，李倩偏要削一個超短的俐落髮型。

修女嚴格要求大家晚上九點半就要回到學校宿舍，李倩卻愛吆喝同學們跑去舞廳跳舞，玩到隔天宿舍開門，再回去睡覺。

當時的舞廳不像現在那麼複雜，動不動就會出現禁藥這種玩意兒。那個年代的舞廳，不只連酒精飲料都沒有，更別說毒品了，李倩和同學們到那裡，就是單純跳舞、聊天、喝飲料，揮灑青春熱力。

十九歲那年，一場新生聯誼舞會上，李倩遇見了生命中的 Mr.Right ——黃逸暉，英文名字叫 Kevin。

王子和公主，並沒有從此過著幸福快樂的日子。當時，Kevin 為了跟李倩交往，還得先跟她當時的男友談判，好不容易，兩人回到單純一對一的感情狀態，沒多久，李倩卻又再同時和兩、三個男生交往。李倩說：

「從十九歲到二十八歲和 Kevin 結婚，期間我光是分手兩個字就不知道說過多少次，還試著跟其他人交往，態度反反覆覆。」

大學畢業，對於前途一片茫然的李倩，試過各式各樣的工作，卻因為一直搞不清楚自己要什麼，始終無法在一個專業領域定下來，慢慢紮根。

她回憶，當時進入社會的第一份工作，是在一家鈕扣貿易公司擔任英文秘書，但才在那家公司待一年，就已經把該學完的東西都學完了。

第二年，她改到一家文具貿易公司擔任秘書，卻因為不懂得人情世故，不小心得罪了人，到職三個月就被 Fire（裁員）掉。

隨後，又陸續待過幾家不同產品別的貿易公司，試了一輪下來，她才慢慢認清自己不適合待在貿易業，加上當時計畫和 Kevin 一起出國念書，二十六歲時，她就前往美國主修 InternationalTrade（國際貿易）。

從混亂的風暴中走出來

當時的李倩怎麼也想不到，一個單純的出國決定，不只改變了她日後的專業版圖，命運也跟著大幅改寫。

出國那一年，她就在國外友人帶領下，認識上帝，那時她才驚覺，原來《聖經》當中所教導的真理，正是她尋覓已久的生命答案。

那種瞬間賓果的感覺就好比是玩大富翁的時候，甩了無數次的骰子，隨著點數前進了不知道多少回，終於跳進了一格叫做「機會」，牌一翻，人生自此出現新的轉機。

「認識上帝之後，遇到不知道該如何回應的事情時，我就會去翻閱聖經，因為它代表著真理，讓我學習到正確的價值觀和待人處事之道。」

言談中，充滿了如獲至寶的感動，李倩接著說：

「那種感覺讓我的內心變得非常踏實，不用再擔心自己這麼做也不對、那麼做也不對，也終於可以停止對於生命答案的追尋。」

《聖經》馬太福音七章七到八節說：「你們祈求，就給你們；尋找，就尋見；叩門，就給你們開門。因為凡祈求的，就得著；尋找的，就尋見；叩門的，就給他開門。」

成為基督徒之前，李倩早在國中時期，就經常一個人到教堂或是廟宇徘徊，似乎已經默默在期盼能夠找到一個信仰寄託。

雖然這一等，就是十多個年頭，但生命的轉變永遠不嫌晚。認識上帝之後，李倩的人生也開始一步一步，從混亂的風暴中走出來。

學成歸國後，李倩先到一家唱片公司擔任總經理特別助理，工作內容其實還是跟出國前很像，就是一個高級秘書。

渴望找到新方向的李倩，開始努力向上帝禱告，沒多久就找到另一份新工作，還因此接觸到行銷專業，開啟職場新局面。

那份新工作，就是在德記洋行負責唱片行銷。貿易起家的德記洋行，計畫要幫知名港星劉德華發行唱片，李倩因為曾經在唱片公司工作過，便順理成章得到這個機會。
兩年後，李倩跳槽同樣是外商體系的博士倫公司，行銷功力更上一層樓，而且一待就是四年，還為公司立下了汗馬功勞。
據李倩表示，她進公司的第一年，隱形眼鏡藥水的市占率只有十六%，位居市場第二。
但經過四年的努力，市占率大幅攀升到四十三%，不僅勇奪市場龍頭寶座，還將其他競爭者遠遠拋在後頭，取得壓倒性的勝利。
何以能創造如此佳績？李倩解釋，除了本身的努力，另一方面也是因為公司經營團隊真的很強。
這也就是為什麼，當初應徵的時候，李倩的態度非常積極，還在面試之後主動寫信給人資主管，就是希望能成為這家公司的一員，透過和一些業界高手合作的機會，累積行銷實力。
事實證明，李倩的策略是對的。先前的亮眼成績，讓她在行銷領域逐漸闖出名號，並在二〇〇二年加入瑞士天梭表公司的行列，擔任旗下品牌的副總經理一職。

在李倩帶頭衝鋒陷陣下，十一年來，她所負責的手錶品牌，不僅業績成長十倍，部門人數也從四個人，擴編到現在近四十人；手上握有的行銷預算，更是從原本的幾百萬增加到如今的幾千萬，銀彈足夠，當然就能打下更多漂亮的勝仗。

「從美國回台灣之後，我就告訴自己，有朝一日要成為一個中型外商公司的總經理或是一級主管，後來真的做到了。」

李倩很慶幸能擁有眼前的成績。

終於學會了停止掙扎

與其說李倩的成功是源自努力，更貼近真實的答案是：她那勇於突破混亂處境的精神。

但榮耀光環的背後，其實李倩也曾經一度想要放棄。

「我一進公司就很拚，有一次真的拚到很累很累，就跟主說，主啊，我想回家當少奶奶，老公的薪水頗豐，應該可以給他養。」

當時李倩打的主意是，辭掉工作到教會當志工，如此一來就不用面對公司的複雜人事，以及龐大的業績壓力。

正當李倩陷入去或留的兩難，一段經文主導了她的決定。固定每天讀經禱告，那段時間，李倩透過《聖經》領受到「懶惰的人，貧窮必隨之而至」的警惕，促使她重新思考，是否真的要離開職場？若是選擇留下來，工作的目的又是什麼？

深思過後，答案浮現。李倩清楚知道，接下來的人生，繼續工作不再只是為了取得金錢、地位和權力，而是藉由職場角色來榮神益人。

也因此，當她再度遭遇工作瓶頸，心裡所思所想，已經不再是「要不要離開職場？」這個問題，而是靜下來心迫切禱告，詢問上帝：

「該怎麼做才能突破？」

「碰到瓶頸意味著，你過去的思想、模式、能力、裝備，都已經不夠你應付眼前的困境了，必須要提升，但很多人是為了變而變，就像一個溺水的人，看到什麼就抓，情況反而更糟。」

身為過來人，李倩很清楚一個人遭遇困境，當下會出現的求生反應，

因為她也曾經這麼做過，結果反而更糟。

李倩在天梭表公司首次遭遇重大瓶頸，是在第五年的時候。當時遇到的困境是，很多銷售據點基於某些因素而被取消，嚴重影響當年度的業績，即使擁有多年產業經驗，面對這樣的情況，李倩還是慌了。

「一開始，我還是先靠人的方式去嘗試很多事情，後來是真的沒辦法了，才開始禁食禱告七天，當人的身體變虛弱了，自我意志才會跟著停止掙扎，也就是在那時候，我才會慢慢經歷到神的亮光進入到生命裡面。」

這段經歷，李倩記憶猶新。

她接著解釋「神的亮光進入生命」的那個過程，用畫面來比喻，其實就好像當她停止哭泣，不再只是定睛在上帝關閉的那一扇窗時，才真正注意到，空間裡的另一扇門，早就隱隱透著一道亮光，指引她前進。

打開門，需要勇氣，因為門後的世界充滿未知。李倩說：

「但我還是把門打開，憑著信心勇敢走進去，然後就突破了。」

對應到現實事件，李倩指的是，在既有銷售據點被關閉的情況下，她開始嘗試開專賣店，自己創造銷售據點。

此門一開，營業數字也大幅飆升，因為光是一家專賣店，業績就足以抵十個批發點。

有了專賣店的成功經驗，近年為了突破業績，李倩再度力排眾議，開設品牌直營店，同樣大放異彩，讓很多原先等著看笑話的同業，刮目相看。

對外，打了一場又一場的行銷勝仗；對內，李倩也開始嘗試改造部門文化，讓自己成為一個「使人和好」的人。這麼說可能很抽象，李倩實際舉了一個例子，說：

「在百貨公司設櫃，我都會跟自家小姐說，不要跟旁邊其他手錶廠牌的人競爭，大家可以互相學習，分享銷售經驗，一起把聚落效應做出來，才能同時受惠。」

另外，有別於多數主管總是不斷施加壓力，李倩反而經常用經文鼓勵部門同仁，告訴大家「一天的難處一天當」，不要給自己那麼大的壓力，並在達成業績目標的過程中，給予適當協助。

更難得的是，李倩甚至能為那些曾經傷害過她的人禱告，所作所為，已經充分帶出「榮神益人」的工作意義。

就這樣找到了答案

職場的混亂局勢，逐漸明朗；置身在情感迷霧中，李倩又是如何走出來的呢？

二十八歲，趕在學成歸國之前，已經訂婚在先的李倩和 Kevin，在美國教堂舉辦了婚禮，正式結縭成為夫妻。

然而，李倩雖然已經透過認識上帝，找到生命的答案，卻還沒做好要在婚姻委身一輩子的準備。

回台灣沒多久，李倩就鬧家庭革命了。當時的引爆點是，從小就住在台北市民生社區的她，受不了每天窩在當時租的小房間，還得不時忍受有老鼠跑來跑去。

趁著有次 Kevin 到南部出差四個月，李倩在電話中提出了「想回娘家住」的要求。

不知道是表達方式不妥還是態度欠佳的關係，Kevin 當時的情緒反應很大，還直接對李倩說：

「妳走了之後，就不要回來。」

李倩有些嚇到！兩人交往十年來，這是第一次，Kevin 講出這麼重的話。

但從小就任性慣了的李倩，也不是省油的燈，等 Kevin 回到台北，她把行李收一收，就真的回家了，當時開車載她的人，還是 Kevin。李倩坦承：

「可能是婚姻生活不如想像，當時會離開 Kevin，其實是因為我又興起了，想再看看外面世界的念頭。」

兩人的互動模式，顯然又回到結婚前的狀況，也就是李倩在認識新對象的同時，仍舊和 Kevin 保持聯繫，心血來潮還會主動約他出來吃飯，好像什麼事情都沒發生過一樣。

受不了這種不清不楚的關係，有天見面，Kevin 將一張離婚證書遞到李倩面前，上頭還簽好名字。李倩見狀，沒有多說什麼，順手就將離婚證書收起來，但其實心裡也做了另尋一段新感情的準備。尤其是那陣子，李倩看到教會裡一對經常接待年輕人的夫妻，不僅感情融洽，還生了一個可愛的小寶寶，那種家庭溫馨和樂的畫面，非常吸引李倩。

「那時候我就跟主禱告說，我也好希望能建立一個完整的家，擁有一間漂亮的房子來接待別人。但要如何做到呢？」

當時的李倩宛如一隻迷途的羔羊，不知道該往哪兒去。教會的姐妹得知，便建議她，寫出心目中理想對象的十個條件，並以此向上帝禱告。

李倩照做了，當時寫下的前三個條件分別是：要非常愛她、必須非常支持她的原生家庭、學歷要相當。

剩下的七個條件，雖然已經不復記憶，但李倩卻清楚記得，當她連續禱告三個月之後，才驚覺，原來 Kevin 就是符合這十個條件的人。

「我還記得那個畫面。有天夜裡，我把那張寫滿條件的紙拿出來禱告，突然間，Kevin 從我的腦海中跳出來，還從第一個條件符合到第十個。」

李倩感動地說：

「那時候才發現，原來 Kevin 才是那個會永遠支持我的人，是我自己不懂得好好珍惜。」

那是一個非常關鍵性的覺察，李倩的情感態度，瞬間從混亂轉為明

朗。那一個晚上之後，她決定主動把 Kevin 追回來，當時採取的策略是：寫信。

在這封信裡面，李倩開始跟 Kevin 認罪悔改，針對過去這十年來對他造成的傷害，一一道歉。這是她這輩子第一次寫道歉信，原以為 Kevin 會因此被打動，結果卻沒有。

直到第三封信寄到 Kevin 手中，他才打電話給李倩，說：

「對於復合這件事，我沒什麼問題，但我真的很難跟我媽媽交代，只要她說ＯＫ，我就ＯＫ。」

「沒問題！我來負責跟你媽媽說。」

為了挽回這段感情，李倩主動打電話向 Kevin 的媽媽道歉，也得到長輩的諒解。離婚一年後，李倩和 Kevin 再度到法院登記，辦理第二次結婚手續。

失而復得的幸福，李倩格外珍惜。第二次婚姻的生活版本是，李倩和 Kevin 終於擁有一間屬於自己的房子，李倩還在三個月內順利懷孕，之後生下了一個可愛的男寶寶。

此外，幾年前開始，他們還開放家庭來接待牧者，並在週間舉辦小組聚會，帶領許多年輕人一起成長，解答大家在工作、感情，或是婚姻上的困惑。

對比十多年前，李倩羨慕的那對教會夫婦。眼前所擁有的一切，不正是她當時最渴望的家庭藍圖嗎？

「我覺得自己是一個很勇敢，而且很有毅力的人，即使處在很混亂裡面，還是會一直想找出一條對的路，最後終於被我找到了，因為找到上帝就等於找到答案。」

回首過去那段艱辛的返家之路，李倩下了這樣的註解。

對應《綠野仙蹤》童話故事的結局：桃樂絲終於回到了最初的家。李倩也一樣。在擁有稻草人的智慧、機器人的善心，以及獅子的勇氣之後，她也終於找到了，最單純和真實的內在依歸。

同場加映

你們祈求，就給你們；
尋找，就尋見；
叩門，就給你們開門。

這麼大的信心究竟從何而來？

「上帝關窗，是為了讓你發現門的存在。」

這是我在用文字爬梳李倩生命的過程中，湧自內心深處的一句話。乍聽之下，有點像大家常說的那句：

「上帝為你關上一道門，必定幫你開啟另一扇窗。」

但仔細推敲，意境其實不太一樣。

這麼說好了，即使我們都知道，上帝關上一道門之後，一定會幫你開啟另一扇窗，但終究只停留在理性上的認知。

實際生活中，一旦真的碰到困境，還是有很多人難以保持平靜，並發自內心相信，上帝的確會再為你開一扇窗。

真的不容易！即使像李倩這麼有信心的基督徒，亦是如此。採訪過程當中，李倩告訴我，當她第一次碰到上帝將過去的窗戶都關起來的時候，當下的反應就是試著再去將原本的窗戶打開，發現打不開，就在窗戶邊大哭，說：

「主啊！祢為什麼要把窗戶都關起來？」

正因為困難降臨的當下，李倩將所有的焦點都放在「失去」，即使上帝已經為她開啟一扇比窗戶更大的門，她也沒注意到。

直到真的束手無策了，才甘心停止掙扎，安靜觀察四周的變化，也就是這時候她才發現，原來早就有一道門透著亮光，而那，正是上帝為她預備好的道路。

說得更直接一點，若是上帝不把原先的窗戶關掉，如何讓我們發現門的存在呢？而若是沒有發現那一道通往新盼望的大門，又要如何領受生命中更大的祝福跟恩典呢？

只不過，即使打開門朝著亮光走去，前方也未必是一片坦途；相反地，走著走著還可能會碰到山壁，這時候，就要學著如何自己開隧道了。

我很喜歡李倩的這段比喻。她說，為了迎接隧道後的桃花源，她經常會帶著團隊一起埋首開隧道，在黑暗中互相加油打氣。

因為開隧道的過程中，常會有很多人在一旁等著看笑話，甚至扯後腿，尤其是競爭對手。

然而當隧道成功開通了，其他對手又會大喇喇地一起來通行，坐享其成。李倩說：

「所以開完隧道之後，還要學習一個功課，就是讓那些曾經唱衰你的人，一起分享。一定要有那個胸襟，因為你的胸襟有多大，事業格局就有多大！」

為什麼李倩這麼有信心，還不吝於跟其他競爭對手分享資源，很重要的一個原因是，上帝已經透過這樣的過程，讓她學會如何開隧道，升級她的專業裝備，一旦掌握 Know-How(關鍵技術），山壁就不再成為事業道路上的阻礙。

人生也一樣。在感情路上不斷摸索的李倩，因為年輕時的不懂事，在無形中傷害過許多人的心，也傷害到自己，就連原本的 Mr.

Right 也一度被她變成 Mr. Wrong，多可惜啊！

幸好，後來的李倩，秉持著開隧道的勇敢精神，終於修通了感情路，贏回幸福，還跟 Kevin 攜手打造出一個夢想中的溫馨家庭。

我很替李倩高興。混亂，已經不再是她的人生代名詞。

7

晴天雨天，都是好天

【莊子瑩】

No matter the fact it's sunny or rainy,
it's a good day for me.

親情，假裝不了。
自從三歲被母親狠狠拋下，
莊子瑩內在的情感接收器，
就已經嚴重當機。

人生如戲。

三歲，本該是一個孩子最天真無憂的年紀，莊子瑩卻已經被迫離開原生家庭，過著寄人籬下的生活。

當時做出這個決定的人，正是她的母親。

「我被送到寄養家庭的時候，還很小，搞不清楚狀況，只記得媽媽說要去買東西，要我先乖乖待著，她很快就回來，但我等了好久好久，就是不見媽媽的身影……」

身處在一個全然陌生的新環境，小小的莊子瑩，害怕極了，一個人坐在客廳的椅子上，巴望著母親出現。

她不知道自己等了多久，只記得天黑之後，寄養家庭的人要她進房間睡覺，她不願意，堅持在客廳等著。

後來，不小心睡著了，在被抱進房間的時候，突然驚醒，掙脫對方的懷抱，又一個人走到客廳，就怕母親來了會找不到自己。

多麼令人心疼的一個孩子！

就在莊子瑩以為再也見不到母親的時候，終於，熟悉的身影又再度出現了。

某天午後，母親來到寄養家庭，莊子瑩喜出望外，心想，這一次可不能再失去母親，小小的手臂緊抓著母親的衣角，說什麼都不放。

「當時我一隻手拉著媽媽，另一隻手被寄養家提的奶奶拉住，還一直聲嘶力竭地喊說：『我要跟妳走！』但媽媽顯然不為所動。」

莊子瑩接著表示，就在三個人來回拉扯之間，奶奶突然跌倒，眼角撞到一部機車後座的鐵架，當場血流如柱。

「我嚇傻了！突然覺得自己做錯事了，趕緊放手。」

這麼一放，母親真的走了。也就是從那一刻開始，母親之於莊子瑩，宛如一隻斷了線的風箏，自此遠走高飛。莊子瑩說：

「那真的是一段很悲慘的記憶，內心充滿了害怕，而且那種被遺棄的感覺，至今我還記得好清楚。」

她也一直清楚記得，母親長得很漂亮，穿著打扮既時髦又有氣質，但不知道為什麼，當時母親給她的感覺，像是受了很多的委屈，看起來很不開心。

懂事之後，她才逐漸理解，母親的鬱鬱寡歡，或許跟父親的離開有關係，因為早在她剛出生的時候，父親就丟下她們，另組家庭。

孤兒寡母，莊子瑩的母親為了外出工作，只好把她送到寄養家庭，並定時支付寄養費用。

幾年後，母親隻身前往日本工作，探視莊子瑩的次數變得更少了；至於父親，雖然一年會來看她兩、三次，彼此之間卻沒什麼親情連結，生疏得很。

親情，假裝不了。自從三歲被母親狠狠拋下，莊子瑩內在的情感接收器，就已經嚴重當機，逐漸失去對愛的接收能力。

即使父親和母親每隔一段時間，就會分別來探視，在莊子瑩看來都只是一種外在形式，就內在陪伴這一塊來說，「父母親」的角色，早就已經從她的生命中徹底缺席。

把自己關在房間裡的小孩

寄養家庭是個不折不扣的大家族，身處其中的莊子瑩，卻是一個人長大，跟寄養家庭的人並不親。

那是一種難以言喻的疏離感。

一來，當然是因為彼此之間沒有血緣關係，當初又是被迫送到寄養家庭，莊子瑩內心的抗拒，可想而知。

二來，是因為她曾多次被寄養家庭的成員排擠。

「在那個家庭裡面，我就像是個局外人，長輩對待我跟自家小孩，差異非常明顯。」

莊子瑩進一步舉例，在她就讀國小的時候，有天忘了帶課本到學校，打電話回家向長輩求助，卻被對方以很忙為由給回絕了。

反觀家中其他小孩，一聽到誰在學校有狀況，長輩都會排除萬難，第一時間給予協助。

「從那時候開始，我就知道只能靠自己，個性也因此變得很謹慎和仔細，每一步都不能出錯，因為沒有人會幫助我。」

差別待遇就算了，更讓莊子瑩難受的是，經常處在被拒絕的景況。

「那邊的小孩子常說，妳不是我們家的人，不要用我們家的衛生紙。」

莊子瑩苦笑，接著說：

「真的很可憐！我連擤個鼻涕都不行。如果跑去跟長輩告狀，下場就更慘，而且長輩其實也不太會理。」

長輩們的漠視態度，並不令人意外。有一年，寄養家庭的奶奶過生日，莊子瑩特地穿上了一件象徵喜氣的棉襖，等著跟大夥兒一起慶祝。

「來喔！大家圍過來跟奶奶拍照。」

聽到有人吆喝，原本在外頭的莊子瑩趕緊跑進門，為自己找了一個好位置。

才剛站妥，就有位男性長輩說話了。

「妳不要進來！」

說這話的同時，他還一把將莊子瑩推出相機的視窗外。

同一個屋簷下，一位年僅五、六歲的小女孩，被排除在一群寄養家庭的成員之外。當時的莊子瑩，表面上不哭也不鬧，內在創傷卻已經逐漸加劇。以至於到後來，出於自我防衛的本能，莊子瑩變得很無感，也不再試著問老天爺：

「為什麼？」

「我已經習慣那樣生活，習慣那是我生命的一部分，所以我也不知道為什麼要去問為什麼，去探討這個東西對我來講有意義嗎？或是有幫助嗎？我不知道。」

說得更明白一點，莊子瑩早就已經習慣當時那種不開心的日子，因為她壓根兒不知道什麼叫做開心，無從比較的情況下，自然也就無所謂好壞之分了。

與其說，那是一種自我接納，其實更像是一種近乎自我放棄的狀態。真實世界令人失望，莊子瑩只好躲進專屬的創作空間，也就是她在寄養家庭裡的一個小房間。

那個房間真的很小！據她形容，裡頭擺了一張雙人床跟一張書桌之後，就只剩下一個小小空間可以站立。

縱使如此，每次回到家，她都寧可獨自關在小房間，拿著畫筆或水彩在牆壁上盡情塗鴉。

莊子瑩還會跑去買一些小飾品，把房間布置得很漂亮，像是在天花板貼滿小星星圖案的螢光貼紙，晚上燈一關，一閃一閃亮晶晶，真的是美極了！

也唯有處在那樣的一個小天地裡，莊子瑩才會隱約感覺到，人生，至少還有一部份是自己可以掌握和主導。

離開小房間，莊子瑩在寄養家庭的第二個生存基地是：陽台。

「我經常一個人依靠在陽台的欄杆，自己跟自己講話，一開始或許是為了等媽媽，但久了之後，知道等不到媽媽，就在那邊看著人來人往。」

或許是還在生母親的氣吧！當時的莊子瑩，雖然口頭上不說也不願意承認，對於母親的思念，卻宛如一股內在湍流，暗潮洶湧。

「成長過程中，有一段時間我特別喜歡畫人，每天都拿著素描鉛筆，畫很漂亮的女生，有時候短髮，有時候是捲髮，是不是在畫媽媽，其實我也不知道。」

內心的矛盾和複雜，有時連莊子瑩自己都說不準。

對於寄養家庭的感受，亦是如此。雖然成長過程中確實遭受到一些忽視，但仔細回想起來，寄養家庭的成員們還是有對莊子瑩很好的時候，就連奶奶後來過世，為每個孫子留一筆錢，也把莊子瑩算在內，讓她非常感動。

當她得知消息的那一刻，便深深明白到，原來奶奶的心裡一直把她當成自家人，只是以前的行為表現沒那麼明顯。

我這輩子就跟祢了！

缺席的母親，對莊子瑩的經濟供應卻從沒停過。

母親知道她在寄養家庭過得不快樂，一直很想離開，加上在日本工作賺了不少錢，便在她十七歲那一年買了一間房子，地點位於台北市北投區。

「當時要從板橋的寄養家庭離開的時候，我頭都沒有回，真的是巴不得趕快離開。」

莊子瑩開心極了，接著說：

「搬去北投新家之後，我不只一個人住在一間大房子裡，平日還有阿姨幫忙打理生活起居，改變太大，我花了差不多一年的時間，才接受自己是可以這樣快樂，而且配得擁有這一切。」

從一個不到四坪的小房間，搬到一個四十幾坪的大房子，還花了一百多萬裝潢，家具不是訂做就是買最好的，也難怪莊子瑩一下子無法適應。她甚至形容，當時那種不真實的感覺，就好像童話故事中的灰姑娘突然嫁到皇宮，太戲劇化了，戲劇化到讓人害怕這一切隨時可能消失。

更讓莊子瑩不敢相信的是，終於，自由了。

「一個人住之後，我變得比較活潑開朗，常常找朋友到家裡玩，那是我第一次真正體會到，原來人可以這樣活著，可以做自己想做的事，可以不用每次回到家中就要面對沉重氣氛，真的好棒！」

好事接二連三。莊子瑩高中畢業之後，還一圓出國夢，到美國西岸讀了兩年的語言學校。

周末假日最常做的事情，就是拿著地圖，和來自各國的同學們開車出去玩，一個城市玩過一個城市，玩到後來，念書反而成了其次。

如今回想起來，莊子瑩發現，當時會玩得這麼瘋，並非單純如一般人所認為，年輕人就是愛玩。

一個來自內在更深的驅動是，她其實是想透過「玩」這件事，找自己；道理就如同很多旅人走遍天涯海角，目的是為了回家——意即，找到內在真正的安頓。

莊子瑩開始想找自己，因為美國的生活環境，讓她不得不逼視自己的生命。

「剛到美國的前半年，不知道怎麼了，整個人頓時空掉，完全失去存在感。」

莊子瑩試著將當時的感受，描述得更清楚。

「美國幅員廣大，不像台北到處都有夜生活，第一次那麼安靜地跟自己長時間相處，其實還蠻慌的，因為內在會有個聲音不斷地逼問自己：『我，究竟是誰？』」

沒有人可以幫忙回答這個問題，除了莊子瑩自己。但隨之而來的另一個難題是：她，要如何得知答案呢？

「上教會嗎？」

儘管帶著半信半疑的心情，在周遭朋友的熱情邀請下，莊子瑩還是踏進了教會。

只不過，人到心沒到，絕大多數時候，她都只是把那邊當成一個用來交朋友，連帶可以吃吃喝喝，以及打發寂寞的地方，僅此而已。即使偶爾配合節日需要，會跟著大家上台演演聖經劇，無論是上帝還是聖經，依舊被她排除在自身的世界之外，心裡非常抵擋。

直到有天，一個緊急事件的發生，終於讓莊子瑩深刻感受到，上帝的存

在。

「我差點把人家的房子燒掉！」

莊子瑩娓娓道來，說她曾經一個人跑到美國鄉下地方，寄宿在一個泰國家庭，每天早上都要自己煮東西吃。

某天，因為趕著出門上課，便隨手丟了兩顆蛋到鍋子裡，還把火候轉到最大。可能是真的心急了！後來竟然忘記廚房裡還在煮蛋，就直接開車出門。

等到人都已經抵達學校，坐下來喘口氣，她才驚覺：

「慘了！瓦斯爐的火沒關。」

那是莊子瑩有生以來最驚嚇的一次，整個人的魂都快飛了。美國的房子大多是木造，只要一點點火，就可以迅速將整棟房子

燒掉。

萬一真的釀成火災，寄宿家庭的人不在家，雖不至於造成重大傷亡，但以她一個外國留學生的身分，闖下這樣的大禍，可是要被抓去關的。更別說，事後還得賠償寄宿家庭的損失，肯定是一大筆金額。

怎麼辦才好呢？在開車從學校飆回家的高速公路上，莊子瑩突然想起了，教會友人曾經告訴她：

「有一位真神叫做上帝，碰到困難時就禱告，祂可以幫助妳。」

顧不得友人說的是真是假，這時候也只能死馬當活馬醫，她便開口大喊說：

「上帝啊！如果祢是真的，祢是他們講的那麼好的話，請祢要救我啊！如果祢這次救了我，不要讓家裡失火，我這輩子就跟祢了！」

好一句「這輩子就跟祢了。」可見情況有多危急，驚慌失措的莊子瑩又是多麼渴望得到上帝的幫助。

別無他法！當時還真的只能祈求神蹟出現。

但，可能嗎？

車子，越來越靠近交流道出口了。

心急如焚的莊子瑩，等不及將車子開下交流道，就先朝向遠方的屋子望去，發現整棟房子完好如初，四周也沒有消防車圍繞，終於鬆了一口氣。確定房子沒有因此被燒掉，問題就已經少了一大半。

屋內的情況呢？莊子瑩說：

「打開大門的那一瞬間，馬上就有一陣濃煙撲鼻而來，顧不得嗆，她趕緊衝到廚房一探究竟，映入眼簾的那一幕，讓我至今仍舊百思不得其解。」

「我看到一個很奇怪的畫面，明明鍋子都燒焦了，裡頭連一滴水都沒有，那兩顆水煮蛋竟然跑到了瓦斯爐上面。」

莊子瑩解釋，早上趕著出門上課，為了讓鍋子裡的水快點煮沸，她還刻意只放了一些水，那兩顆蛋怎麼會浮到鍋子外面呢？

她納悶極了！只是當下也管不了那麼多，趁著屋主不在家，莊子瑩趕快跑去買芳香劑回來噴。

傍晚，屋主下班回家，發現家中散發著一股異味，還問說是不是煮東西煮到燒焦，她尷尬承認之後，事情就不了了之了。屋主絲毫不知，整個過程有多麼驚險。

真的是超幸運！上帝果真施展了神蹟，幫助莊子瑩度過這次的危機，但事後，她卻把先前的禱告內容忘得一乾二淨。

直到好幾年後，她都已經受洗成為基督徒了，才想起當初曾經對上帝許過「要跟祂一輩子」的承諾。

繞了一大圈才又發現

那又是什麼，再度將莊子瑩帶回到上帝的面前？答案是：

腦瘤。

莊子瑩回憶：

「當初會發現有異狀，是因為是體力明顯變得很差，不只搭公車上陽明山會想吐，跟同學去採海芋也差點昏倒。平常在家，不管是看書還是閱讀網路資料，只要多想一點東西，頭就會開始暈眩，太累的時候還會流鼻血。」

直覺告訴她，應該盡快到醫院做腦部斷層掃描，而她也真的照做了。一個星期後，檢查結果出爐，醫生透過X光片發現，有顆三公分大的腫瘤壓在左腦的腦室，便告知她必須要馬上開刀摘除。

一聽到「腦瘤」兩個字，莊子瑩整個人都傻住了，離開診間後，還一個人坐在醫院外面的涼亭，好久好久。

莊子瑩用「很絕望」三個字來形容當時的感受，因為她有一位表哥罹患腦瘤，二十幾歲的時候就過世；另外還有一位好友，從發現腦瘤到離開，只有短短不到一年的時間。

周遭的例子，讓莊子瑩實在很難樂觀得起來。憑什麼？她也一樣是血肉之軀，憑什麼能夠倖免於難，逃過腦瘤的威脅呢？

「我的天地頓時一片黑暗，但即使內心非常害怕，我還是沒有掉下眼淚，因為那時候學佛，常被教導要保持六根清淨，不能有情緒的起伏。」

莊子瑩的母親那陣子剛好從日本返台，得知她罹患腦瘤，開始四處打聽哪裡有比較合適的醫生。

幾經探詢，莊子瑩決定聽從多數醫生的建議，採取珈瑪刀的放射治療，因為腦瘤的

位置太深，開刀過程萬一不慎，很可能會影響到語言或是視力功能。

雖然避掉了開刀風險，做放射治療的過程一樣也不輕鬆。

生病那一年，莊子瑩進進出出醫院已經數不清有多少次，再加上體力極差，當時還在就讀文化廣告系的她，只好忍痛休學；就連一段經營多年的感情，也在那段時間劃下了句點。

生命中的一切，頓時停擺。原先想要成為知名廣告人的夢想，也一併粉碎。莊子瑩說：

「生病那段時間，我曾經失去求生意志，也就是在那時候，我才真正認識到自己原來是個軟弱又膽小的人，雖然事後很多人都說我很勇敢，實際上並不是那麼一回事，我也有很軟弱的一面。」

所謂的失去求生意志，莊子瑩指的是，當時她因為體力虛弱，又陷入絕望情緒，每天除了起床吃飯，其他時間幾乎都是躺在床上，似乎想等著看，再這樣下去會發生什麼事。

「我是真的到了放棄自己、等死的狀態，那陣子不知道靈魂到哪裡去，我不要我自己了。」

在莊子瑩不要自己的那段日子，母親又必須返回日本，只好委託親阿姨來陪伴她，還幫忙煮飯、整理家務，讓她不至於無依無靠。

生命停擺了大半年，直到有一天，莊子瑩拿起遙控器不斷切換著電視頻道，看到一位女助理主持人正在進行戶外闖關遊戲，對方充滿活潑朝氣的模樣，讓她宛如當頭棒喝，心想：

「為什麼一樣是年輕人，她活得這麼有生命力、這麼勇敢，我都還沒死，日子卻已經過得像行屍走肉一般呢？」

「不行！我不能再這樣子下去，我一定要站起來，讓自己走出去。」

莊子瑩不只這麼告訴自己，還付諸實行，無論體力再差，每天都會勉強自己出門走路，從一開始的五分鐘，慢慢增加到十分鐘、十五分鐘，身體狀況也從原先差點昏倒，連續走了兩個月之後，體力也慢慢恢復，整個人的精神也開始變得比較好。

受到那位女助理主持人的間接激勵，莊子瑩決定提筆寫信給對方，分享生命的改變。原本只是出於單純的感謝，寄出這一封信，沒想到後續的發展，卻徹底改變了她的一生。

那是一個再尋常不過的午後，卻有一件不平凡的事情，正在發生。

坐在電機視機前面的莊子瑩，看到那位女助理主持人又在節目中進行闖關遊戲，這次的挑戰，是要爬上一根七層樓高的圓形木柱，並且站在上面。

即使身上已經穿戴好護繩，確保安全無虞，但要爬上這麼高的柱子，過程中，任誰都會嚇得哇哇叫。

果真如此，才爬到一半，那位女助理主持人就停了下來，害怕到直掉眼淚。要不要繼續往上爬，挑戰恐懼的極限呢？在場每一個人都屏息以待，坐在家中客廳的莊子瑩也不例外。

深深吸了一口氣，那位女助理主持人還是決定鼓起勇氣，繼續向終點挺進。約莫幾分鐘過後，終於，她爬上了柱子頂端，周遭一片歡聲雷動。

接下來的這一幕，更是讓莊子瑩一輩子都不會忘記。那位女助理主持人站上柱頂後，對著電視鏡頭說了這麼一段話：

「我想藉這個機會對一個人說話，她是一個罹患腦瘤的觀眾朋友，我要對她說：『妳一定會好起來的，我爬上來是為妳爬的，我跟上帝祈求，如果我能夠爬上來，我求祂醫治妳的病！』」

換莊子瑩被嚇到了！接著，眼淚就像是關不掉的水龍頭，撲簌簌流個不停。她好久沒有這樣大哭了，哭完之後，便開始想著：

「是什麼樣的力量和愛，讓她願意為 個陌生人做這樣的事？還有，上帝是誰？祂真的可以醫治我嗎？」

顯然，從美國回來之後，開始學佛的莊子瑩，不只忘了先前的禱告內容，連上帝是誰都已經沒什麼印象，更別說要把「上帝」跟「醫治」這兩個名詞聯想在一起了。

禁不住好奇，她主動打電話給一位基督徒友人，問對方哪裡有教會？以及要如何禱告？

照著對方的教導，莊子瑩開始試著每天禱告，偶爾翻翻聖經，沒多久就決定到教會受洗，兌現幾年前和上帝之間的承諾。

上帝醫治莊子瑩的方式，也很特別。

「現在那顆腦瘤還是在，但之前的副作用都沒了，以前很容易流鼻血、腦壓高，現在都不會了。而且對我來說，這顆腦瘤是一個榮耀的記號，象徵著生命的完全翻轉。」

生命的翻轉和更新，絕非一夕之間。

如同《聖經》所言：「若有人在基督裡，他就是新造的人，舊事已過，都變成新的了。」

如何脫胎換骨變成一個真正新造的人？必須依靠上帝一步一步的帶領。道理宛如一個新生的嬰孩，需要人家餵養才能存活，之後再慢慢學會爬步，乃至於走路。

這裡所指的新生，是心靈的重生。

「信主很長一段時間之後，才發現我跟自己並不熟。」

莊子瑩接著解釋：

「那個意思是說，原來我認識的自己，並不是真正的我自己，大約花了一年半的時間，上帝讓我透過每天的靈修，以及心理學的進修，才讓我慢慢看清楚自己真正的樣子。」

舉例來說，莊子瑩原本以為自己熱心助人。後來才發現真正的自己，受到兒時成長背景的影響，跟人是疏離的，之所以會那麼喜歡幫助人，其實是希望能贏得他人的認同。

「我就是希望別人知道我是好人，肯定我，這樣我就可以肯定自己，不然我真的找不到自己。」

要一個人這麼赤裸裸地面對自己，真的很需要勇氣；更難的是，發現之後還願意主動去改變。現在的莊子瑩已經學會，不再那麼在意他人的觀感了，這並非意味著她變得很自我，而是不再把自我價值建築在他人的肯定上，一切只求盡其在我，畢竟，一個人本來就不可能贏得所有人的喜愛，不是嗎？

宛如蝴蝶效應一般。態度改變之後，莊子瑩和周遭人的關係也開始出現扭轉，變得更真實也更容易接納彼此，因為不再對他人的態度過度期望，反而多了包容的空間。

唯有包容，才能讓人看見關係中的美好。比方說，以往莊子瑩總是對母親充滿憤怒和不滿，後來卻懂得從生活中的相處細節，去體會母親對她的愛和關懷，讓原本緊張的母女關係，慢慢得到緩解，甚至逐漸加溫中。

同樣地，她和父親以及寄養家庭的關係，也因此逐一得到修復。

「我每天醒過來，都滿心感謝上帝賜給我新的一天。」

因為經歷過每天躺在床上聽著外面聲音卻不能出門的生活，讓莊子瑩比起其他人，更加珍惜生命中的每一天。

現在的她，不只在神學院進修，還重返最愛的廣告系就讀，自許未來可以成為一個專業的助人工作者，從事藝術治療相關的工作。

「我現在看世界的態度跟以前不一樣，變得比較感恩，不會認為什麼都是理所當然。以前會很用力抓取一些東西，像是名和利，現在則是變得比較豁達了，有或沒有，都很好，就像晴天雨天，一樣都是好天。」

以前，一心想要扮演別人眼中的成功角色，如今，只想開心自在地做自己。莊子瑩繞了一大圈才發現，演出上帝手中那套專屬自己的人生劇本，最精彩！

同場加映

你們當剛強壯膽，
祂必不撇下你，
也不丟棄你。

重新學習，如何愛與被愛

結識了瑩，是在一個諮商輔導員的訓練課程上。

互動了幾次，我就非常確定她是一個很有故事的人，而且從這些故事中，她還實際學到很多生命功課。

當時我就在想，若是能將她的故事寫成書跟大家分享，該有多好啊！果不其然，在寫到子瑩這篇文章的時候，有些欲罷不能，因為可以談的東西實在太多了。

正是上帝，豐富了子瑩三十七年來的生命。

訪談時，子瑩提到在美國讀書

的那段期間，認識了生命中兩位很重要的朋友，三個人同住一個屋簷下，感情非常好。

其中一位叫做 Maggie，一開始對子瑩和另一位朋友非常防備，每次下課回到家就馬上躲進房間，不和他們說話。

為了接近 Maggie，子瑩經常主動去敲她的房門，還主動為她準備便當，只為了讓對方可以慢慢卸下心防。

過程真的很有趣，子瑩形容，一開始 Maggie 只願意打開一點門縫，問她：

「有什麼事嗎？」

到後來比較熟了，房門才越開越大，甚至願意邀請子瑩進入房間聊天。

這讓我想到，當初上帝在敲子瑩的心門時，不也是如此？

子瑩坦承，自己不是一個那麼容易打開心扉的人，對上帝也是一樣，但上帝非但沒有放棄她，還一步一步建立關係，直到她願意把心門全部打開，讓上帝的愛完全充滿。

被愛，是需要學習的。對於那些曾經對愛失望過的人來說，更是如此。

在子瑩生病期間，因為長期個性不合，加上感情出現第三者，讓她不得不向當時的男友提出分手。那種感覺有多痛？她形容：「那就好像你在心頭上種了一棵樹，樹根都已經盤根錯節，有一天，這棵樹卻被連根拔起，導致心頭的肉被撕扯分離，血流不止。」

這是我聽過對「心痛」兩個字最傳神的比喻。當一顆心不再完整，連跳動都顯得欲振乏力，這種感覺，唯有如此痛過的人，方能體會。

真的！要接受一個曾經那麼愛過自己的人，不再愛了，是一種很大的打擊，因為那往往牽涉到自我價值的崩垮，力道之大，有時甚至足以瓦解一個人。

無論是感情還是親情，太多的例子告訴我們，只要是人，都可能會讓自己失望，就像自己也曾經讓別人傷心過一樣，而這正是我們需要上帝的原因。

人的愛總是很難給的剛剛好或是恆久不變，但上帝的愛卻是信實的，足以填滿愛的缺口，幫助我們重新學習，如何愛與被愛。

8 突破老我的外殼

【廖國惠】

To go through the old shell of myself

洋蔥的味道很嗆，
常常會嗆得人家不舒服，
邊剝還會邊掉眼淚，
這就如同他過去的生命。

一九九二年七月二十六日，廖國惠，正在逃亡的路上。駕著一輛福特嘉年華汽車，疾駛在蜿蜒曲折的山路，地球尚未停止轉動，廖國惠的世界卻已經瀕臨末日。

「當時的感覺像是赴刑場一樣，雖然天是亮的，心卻是一片灰暗。我一邊開著車，一邊不斷自問，事情怎麼會變成這樣子？上帝不是真的嗎？不是愛我的嗎？為什麼讓我走到這一步？……」

鏡頭轉到副駕駛座的國惠嫂──陳惠娟，同樣神色凝重，不發一語。反倒是後座的兩個孩子，滿心期待接下來的旅程，因為前一天才被告知，全家即將出遊三個月，目的地是：苗栗縣竹南鎮。

出遊，當然只是一個用來哄騙小孩的說法。實際的情況是，身為電子公司老闆的廖國惠，因為支付不出貨款，公司的支票跳票。他們怕債主們氣不過會爆發衝突，只好在律師建議下，先帶著妻小到鄉下避風頭，由律師出面處理相關事宜。

「當時心裡真的很痛苦，手機響了也不敢接，只敢接律師的電話。」廖國惠還清楚記得那段日子的忐忑，還很怕有債主突然找上門。他說：

「那時候是躲在太太娘家的一個小房子，不太敢出門，整個人緊張到，有時窗外風雨大，造成樹影晃來晃去，我都以為有人跑來跑去。」白天，草木皆兵，晚上睡覺時，也不得安寧。廖國惠說：

「那段時間經常做惡夢，夢到一些被追趕的場景，有時還會嚇到半夜突然驚醒，」

內心壓力如此巨大，加上身體得不到充分的休息，廖國惠身心俱疲。而讓他最放心不下的，還是公司內部的狀況。

尤其是當他想到，當初花大錢買的一堆電子零件，將被以低廉價格給拍賣掉，著實心疼不已。

但眼前，也沒有更好的選擇了。在廖國惠的委託下，律師找來廠商一起開債權會議，並協助處理後續的拍賣程序，再將所得支付給廠商，還有一部分作為員工的遣散費。

三個月後，小孩子的學校開學，廖國惠才不得不帶著家人返回台北，重拾原本的生活。跳票風暴，看似告一段落，惡夢卻還沒結束。

即使事實已經擺在眼前，他依舊無法接受，一家年營業額高達四、五億的公司，竟然在短短幾年間倒閉，自己還因此揹負一身債，過著躲躲藏藏的生活。

是啊！從一個呼風喚雨的大老闆，淪落到要「跑路」的下場，誰受得了呢？

從巔峰到谷底

時間拉回到一九八一年，那是廖國惠正式踏入貿易界的起點。

當時，剛從軍中退伍的廖國惠，隨即進入一家貿易公司上班，專賣汽車零件，三個月之後，就被派往非洲的奈及利亞開疆闢土，一待就是三年。

第二份工作，是在一家電子公司，因為海外貿易經驗豐富，還曾被派去美國成立新公司，待了大約一年半的時間。

大學就讀國際貿易系，加上工作期間打下良好的人脈基礎，一九八六年，廖國惠決定自行創業，獨當一面；同年，還娶了陳惠娟為妻，邁入人生的新階段。

成家和立業都在同一年。好處是多了一個工作夥伴，照廖國惠的玩笑說法是「多了一個廉價勞工」。

因為公司成立之初，只有他們夫妻倆一起經營；但壞處是，一旦理念不同就容易起爭執，等於在公司吵、在家也吵。

公司還是要經營下去。有了妻子可以協助行政事務，廖國惠開始將重心擺在業務開發這一塊，經常往外頭跑。

公司出口的產品種類，大多以電腦零組件為主，像是電腦主機板、機殼、螢幕等，出口國則是鎖定歐洲和澳洲等新進國家。

那是一個台灣貿易產業正在起飛的年代。公司的營運步入軌道之後，廖國惠還將版圖跨足到組裝代工，將零件發包給小工廠做，再自行進行組裝、測試，為此，還在新北市新店開了一家組裝廠。

短短幾年間，員工就從創業初期的兩個人，暴增到五十多個，最賺錢的時候，一年的營業額甚至高達四到五億台幣。

一九九〇年左右，台灣工研院電通所研發出，第一台筆記型電腦原型機。為了奪得市場先機，國內一些電腦代工公司在取得授權之後，爭相投入後續的研發，廖國惠也不例外。

「為了組裝筆記型電腦，公司開始投入主機板、記憶卡、黑白螢幕等零件的購買，光是模具費和設計費就花了好幾千萬。當時如果做成功了，就有機會自創品牌，變成現在的宏碁或華碩，沒想到後來卻失敗了。」

失敗的關鍵是什麼？廖國惠事後分析，當時最大的忽略就是：既不懂得關鍵技術又不會用人。

「我就是採取土法煉鋼的方式，雖然把一台筆記型電腦設計得很漂亮，但是運作沒多久就爆掉，因為散熱出問題，客戶不只氣得退貨，拒絕付款，還提出賠償。」

差不多有兩年的時間，公司都在忙著處理賠償問題，直到一九九二年七月二十六日那天，一張兩百多萬的票軋不過來了，才宣告倒閉。

綜觀產業界，據廖國惠說，當時也有高達上百家的中小企業，因為跨足筆電領域失敗，而被迫淘汰。成功存活下來的公司沒幾家，像是宏碁，就成了當今的知名電腦品牌。

事業成敗，除了本身的努力，其實還得靠那麼一點好運，但不可否認，經營者的個人特質，同樣攸關公司的前途。

關於這點，廖國惠也有相同的省思：

「那時候的胸襟跟眼光都不夠，總認為不能請比自己能力好的人，怕他們太有想法，也怕自己的重要性會被取代。」

這些年他想得更深了，進一步分析，說：

「那些看似表面的作為，其實都源自內在的恐懼和害怕。什麼樣的生命就會結什麼樣的果子，我當時的生命狀態，外表看似風光，裡面卻是虛的，公司也一樣，這樣的情況下會倒閉也是正常的，不然我只會變得更驕傲。」

谷底竟然還沒到底

人生，哪有早知道呢？

智慧的累積，往往來自於實際的生命操作，除非有過人的領悟力，方能從既定的循環中解脫，開創新局。否則，通常還是得繼續痛上那麼幾回才會真正醒悟，決意告別老我。

廖國惠也不例外。

第一次創業，慘敗收場。為了釐清命運為什麼會演變至此，廖國惠在友人的牽線下接觸到算命，越算越有興趣，索性就開始花錢拜師學藝，投入算命師的行列。

他研究的領域很廣，舉凡紫微斗數、八字、卜卦、奇門遁甲、風水、面相，能學的通通都學。雖然沒有正式擺攤，但靠人介紹接案子，也賺進不少外快。

關於算命這件事。廖國惠表示，當時若有十個女生問我，這一胎會生男還是生女，我一定說：「生男的！」

以機率來說，一定有機會猜中五個，那五個人發現算命很準，就會繼續來找我，就算流失另外五個也沒關係。

說穿了！就是一種投機心態，這麼做的原因，也是為了討好客戶，因為她們都只想聽「好聽的」。

雖然命盤並非毫無根據，廖國惠有時還是會講得很虛，尤其是在預測未來這一塊。

「當時講客人的過去都準，講未來都不太準，原因是，上帝很公平，給人自由意志，一個人的態度的確會左右到接下來的人生發展，但過去已經是走過了，只要用一兩句話試探一下，就可以抓到這個人的生命脈絡。」

兼職算命師的生涯，大約持續了五年。

一九九八年左右，從小就是基督徒的他，因為一場佈道會帶下的感動，才決定重新回到信仰的正軌。

只不過，回到信仰，並不等同於靈命的更新。當時的廖國惠，無論是面對工作還是家庭，都仍延續著舊有模式，導致生命破口，越來越大。

二〇〇三年，找來三位商場友人，廖國惠再度嘗試創業，一樣從事

電子零件的銷售。

四個股東各自分工，一個負責開發業務，一個管工廠，一個管倉庫，他則是負責跟銀行打交道，做財務和資金的控管。

搭上大環境的順風車，新事業一開始確實做得有聲有色，營收不斷刷新。第一年創業，短短兩個月就有四千萬營收，第二年衝到四億，第三年十億，第四年甚至高達二十七億。

眼前情勢大好，大家還訂下了第五年要達到五十億的營收目標。料不到記憶體的價格突然由漲轉跌，禁不起一波波的虧損，二〇〇七年十月，公司結束經營，廖國惠再度面臨失業，還花了大半年的時間處理後續事宜。

無法再更糟了！人生已經徹底跌落谷底。當時的廖國惠，不只要面臨事業再度敗陣的打擊，跟原生家庭之間的關係，也一度瀕臨絕裂。

內外交迫，讓他像是一條被人從兩邊拉至極限的橡皮筋，隨時都有可能「啪！」得一聲，應聲斷裂。

衝突，早在一九九二年就已經埋下。

第一次創業失敗，廖國惠的父親就已經因為幫忙作保，房子被銀行扣押而心生不滿。

二〇〇七年，廖國惠二度創業失敗，在繳不出貸款利息的情況下，老家終於面臨被法拍的命運。

父親當然是氣壞了！位於雲林斗六的市區，廖國惠的老家是一棟三層樓高的透天厝，也是父親年輕時努力掙錢蓋起來的。一生的心血，突然因為兒子經商失敗而付之一炬，老人家內心的委屈和不捨，不難理解。更別說，都已經在當地住了大半輩子，街坊鄰居都熟到不行，房子被銀行執行拍賣，叫老人家面子往哪兒放呢！

其他幾位弟弟和妹妹，當然也無法接受。廖國惠說：「他們對我很不諒解，因為我讓爸爸很沒面子，又造成大家的財務壓力，沒家產分就算了，還要拿錢出來幫爸爸找住的地方，心裡難免都會怨。」

站在廖國惠的立場，其實也有那麼一點不平。身為家中的長子，從小就被父母教導要照顧底下三個弟弟和兩個妹妹。創業之後，除了小弟

之外，廖國惠順理成章將其他四個弟弟妹妹都找進公司上班，包含父親。

讓他有些失望的是，當初這麼照顧大家，落魄之後卻得到如此對待，情何以堪？

無意要藉此數落誰，廖國惠只是想真實傳達當時內心的矛盾和複雜。而且之後他也慢慢體會到，每個人本來就有自己的生命難處，實在沒有理由要求他人非得要怎麼做，或是如何回應自己先前的付出。

更何況，事後的發展證明了，弟弟妹妹們並非全都袖手旁觀。就算是純粹出於對父親的照顧也好，老家被拍賣之後，小弟還特別增貸一筆錢作為頭期款，在新竹買了一間房子，由廖國惠負責繳交每個月的房貸。

住在附近的兩個妹妹，也經常就近去探望兩個老人家，讓廖國惠心頭擔子減輕了不少。

至於廖國惠自己，則是一、兩個月就會從台北坐車回新竹探視父母。就在他以為，一切都已經漸入佳境的時候，有天，父親突然氣呼呼地拉住他，要他把話說清楚，還講了一些像是「因為你的事情，我才會被拖累」之類的話，滿腹的心酸，不吐不快。

父親突如其來的反應，讓廖國惠有些嚇到，但因為當天還要趕往南部參加一場追思禮拜，不走實在不行，而且實際上，他也一心想盡快逃離衝突現場。

「像我這麼一個從小就很愛面子的人，當天的情況實在讓我很下不了台，因為妹妹也在現場，說什麼都不對，最好的方式就是趕快離開。」這麼一走，廖國惠長達三個多月都不敢再踏進新竹的家，甚至還有過，人都已經走到社區大樓門口了，卻因為不敢進去，又搭車折返回台北。

直到有一次，心想，再這樣下去也不是辦法，他才決定硬著頭皮向父親認錯。但用想的往往比較容易，真要做的時候，才是挑戰的開始。

勇敢突破「老我」

這真的是很難跨越的一步。

廖國惠深知，這個道歉背後，要面對的其實不只是父親，還有那個根深蒂固的老我。這也就是為什麼，他會那麼遲疑、那麼掙扎，又顯得那麼不知所措。廖國惠坦承：

「從小只要不順我意的事情，我就會破口大罵或是拍桌子，不管是對父母、弟妹、妻小，還是職場上的同仁，都會這個樣子，就是會覺得我怎麼決定，事情就該怎麼做，根本聽不進別人的意見。」

一個從小就被當成長子疼愛、長兄尊敬，創業後又曾經叱吒一時的人，要他主動向人低頭認錯，乃至於道歉，是多麼難的一件事？

但廖國惠真的做到了。

「那一天我真的是下定決心，就算罵得狗血淋頭，自尊心盡失，也要回去向爸爸道歉。」

為了增進信心，廖國惠除了事先的禱告，打開父親的房門之前，還邊走邊向上帝禱告，希望能順利取得父親的諒解。

當天的畫面是這樣的。懷著忐忑的一顆心，廖國惠一踏進房間，「碰！」立即跪在父親的面前，誠心認錯，說：

「爸爸，真的很對不起！因為我的關係，讓你的晚年過得這麼辛苦，都是我的錯，請你原諒我…」

父親愣住，久久無法言語。回過神後，才趕緊起身將廖國惠攙扶起來，讓他坐在一旁的椅子。還安慰他說：

「過去的事情就讓它過去吧！不要提這個事了，現在的生活其實也還過得去…」

如同《聖經》浪子回頭的故事，描述一位浪子帶著從父親那邊分得的財產離家，散盡家財之後，又重新得到父親的接納，讓浪子十分感念。現實生活中，父親的選擇原諒，也讓廖國惠由此感受到更深刻的父愛。

更重要的是，廖國惠終於有勇氣正視過去那個，驕傲敗壞的自己。也因此看見，過去對於妻子和孩子的疏忽有多大。廖國惠有感而發地說：

「過去十幾年，一方面要還債，另一方面要顧外面的社交生活，比較少顧慮到家裡的需要，引起太太很多的不滿跟抱怨。這幾年因為比較懂得細算太太的付出，才發現自己真的是虧欠太多，對家庭負的責任太少，」

對孩子的態度也變溫柔了。據廖國惠的妻子描述，以前他只要對小孩子不滿，就會採取打罵的方式，但現在不一樣了，尤其是女兒到澳洲打工遊學那段時間，只要一接到女兒從國外打回來的網路視訊電話，聊完之後都會主動說：

「來，爸爸媽媽一起為妳禱告。」

他的這句話，讓女兒直呼：「爸爸真的變了。」

所謂的「變了」，並非意味著已經是一百分或是零缺點。實際上，人之所以為人，正因為人性本來就充滿了軟弱和不足，是故，生命的改造重點，向來就不在於追求完美，乃是要不斷成長。

一如廖國惠經歷人生大起大落之後，終於突破「老我」的外殼，破繭而出。帶著這樣的成長力道，他要繼續向前，讓自己變成一個更好的人。

同場加映

若有人在基督裡，他就是新造的人，舊事已過，都變成新的了。

「剝洋蔥」的人生

訪談一開始，國惠哥就用「剝洋蔥」來比喻他那將近六十載的人生。

他的形容很生動。他說，洋蔥的味道很嗆，常常會嗆得人家不舒服，邊剝還會邊掉眼淚，這就如同他過去的生命，表面上看來是一顆圓滾飽滿的洋蔥，等到剝開才知道，金玉其外、敗絮其中，還不時散發著腐敗的嗆鼻味。

這也正是每個人會面臨到的一種，最弔詭的生存狀態——因為洋蔥很刺鼻，所以寧可不剝開，但不強忍著過程中的不適，又如何能直探核心？

幸而，無論是出於主動想改變的意願，還是被情勢所逼，國惠哥最終還是一層一層剝開自己，進行內在大清理。

但過程中，著實苦了人稱國惠嫂的陳惠娟。原因正如先前文中所提，一直以來，國惠哥擔負起的家庭責任都非常有限。

國惠哥說：「夫妻倆結婚二十多年來，最常吵的問題就是，我太愛到處請客，就算沒什麼錢，結帳還是跑第一。」

坐在一旁的國惠嫂也坦承，對丈夫這種喜歡到處交際應酬，還掏錢請客的行為，確實很有意見。

她可以理解，丈夫是一個愛面子的人，但身為兩個孩子的母親，實在無法忍受，家中經濟都已經捉襟見肘，還把錢拿去請外人吃吃喝喝。不滿的情緒助長下，衝突勢必發生。

這幾年因為開始懂得順服於上帝，國惠哥深知虧欠太多，已經學習調整這一點，夫妻倆的緊張關係，不只因此得到紓解，還慢慢走到一個比較能夠相互體諒的狀態。

現在的他甚至會當著國惠嫂的面，公開表達感謝，說：

「我很感謝太太，上帝派她來提醒我很多事情。」

的確，國惠嫂是一個很不容易的女人。

在國惠哥創業的那段日子，她一人當多人用，不只要養兒育女、打理家務，還要協助丈夫在事業上的經營，甚至找來娘家父母和哥哥當本票保證人，後來公司倒閉，導致他們的房子都被扣押。四面八方的壓力，同時湧進，終於壓垮了國惠嫂，還讓她因此罹患憂鬱症，後來是靠著信仰的力量，才一步步走出陰霾。

如今，一雙兒女都長大了，經濟壓力減輕許多，加上經常要接待教會弟兄姐妹，國惠哥和國惠嫂索性開了一家咖啡館。

在這個小空間裡，大夥兒談天說地聊人生，雖然提及過往，國惠嫂仍會忍不住直掉眼淚（就說了！洋蔥很嗆的），但明顯多了一份風雨洗禮後的喜悅。

若說，人生就像一杯熱拿鐵，除了咖啡豆本身釋出的味覺基調，以及牛奶添入歲月般的溫潤，若是能再灑上一點黑糖，即使深沉狀似苦難，卻十足提味。

品嚐一杯好咖啡，如同品味人生，靠的不只是味蕾感官，還有智慧。難怪！國惠嫂煮出來的黑糖拿鐵咖啡，別有一番風味。

9

【楊庭懿】奇妙的生命旅程

The amazing life journey

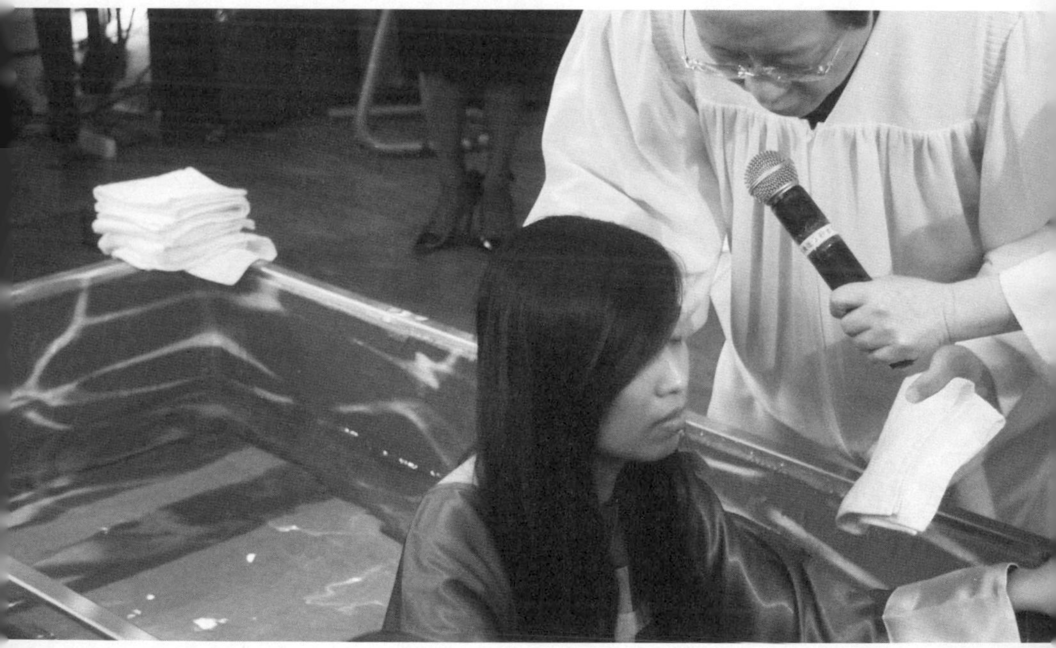

一趟旅行，會改變什麼事情？

二〇〇九年九月，天氣，晴。

在人力公司任職的楊庭懿，好不容易排了幾天的假期，陪同丈夫和女兒前往南投一家高山民宿度假。沒想到一覺醒來，她的世界全變了樣。

「那一晚我睡得很不安穩，一直有喘不過氣的感覺。」

楊庭懿陷入了長長的回憶，繼續描述：

「隔天吃完早餐，我從B1要爬樓梯回到三樓的民宿客房時，就開始覺得很吃力，每走一層樓就要坐下來休息五分鐘。」

一旁的家人搞不清楚狀況，以為是她平日運動量不足，才會那麼喘。不願家人久等，楊庭懿索性請他們先上樓去，她再一個人慢慢爬上去就好了。

但越爬，她心裡越覺得不對勁。

即使工作性質的關係，大部分的時間都關在辦公室，也不至於會爬個樓梯就氣喘吁吁。

直覺告訴她，身體可能出問題了。

在紅綠燈前的苦惱

類似的症狀，不斷出現。

自從九月份，在海拔一千七百公尺的高山上，差點喘不過氣，楊庭懿就一直被類似的症狀所苦，還在下山之後，接連出現頭痛、牙痛等不適。

再來就是，習慣每天搭捷運上下班的她，就連從捷運站走十五分鐘的路程到公司，之後再步行爬上二樓，都開始出現困難。

「我再也沒辦法一口氣爬上去，身體根本不聽大腦的使喚，必須靠在牆壁上休息一會兒，才能再繼續爬。好不容易進到辦公室，坐在位置上休息，同事也常常會被我的喘息聲嚇到。」

當然不是故意的。當時若是沒有這麼用力地深呼吸，恐怕會連命都保不了。

而且不只爬樓梯，就連過個馬路都不輕鬆。她回憶，有好幾次跟丈夫一起過馬路，眼見行人號誌燈上的小綠人寫著還剩十幾秒，衝或不衝，常常讓她陷入兩難。

衝了，勢必會讓她的心臟不堪負荷；不衝，則可能會引起丈夫不高興，因為沒耐性再等下一個綠燈。

無論是在工作還是家庭，都被報以無法理解的眼光，也真是苦了楊庭懿。但實際上，也不能怪身旁的家人或同事，畢竟當時包含她自己在內，誰都不知道，這些症狀背後，究竟隱藏著什麼樣的致命危機。

直到同年十一月，參加公司例行的員工健康檢查，楊庭懿才驚覺到，事情沒有想像中那麼單純。

護士的反應，是第一個傳遞出的危險信號。當時她正在照心電圖，護士發現有異狀，便問：

「小姐，妳有沒有覺得很不舒服？」

點點頭，她回答：

「有啊！這陣子常覺得胸悶或是喘不過氣。」

第二個危險信號，是來自健檢醫生。顯然已經知道大事不妙，醫生一看到楊庭懿的心電圖，馬上以沉重地口問吻交代說：

「妳的心電圖非常不正常，一定要趕快去大醫院的心臟科做檢查。」不能再拖了！

照著健檢醫生指示，楊庭懿隨即前往家裡附近的大醫院看診，最後被醫生診斷為「心臟衰竭」，意即心臟負荷過度或是受損，以至於無法輸送足夠的血液到全身。

心臟病，向來名列在國人十大死因，心臟衰竭就佔了一大部分，但對象大多以老年人居多。楊庭懿，當時不過三十三歲，怎麼會和心臟衰竭畫上等號呢？

「我也覺得很奇怪，步出醫院大門時，想起繼父那段時間也因為重度心臟衰竭而經常住院，我就開玩笑地猜，難不成我們父女感情好，也會得到相同的病？」

答案，當然不是。

因為連續就診幾次下來，醫生便開始懷疑，造成楊庭懿心臟衰竭的原因，可能跟一種罕見疾病有關係。

隨著醫生一步步地追蹤，真相，也即將大白。

不只是害怕，更是不捨

「楊小姐，從妳的症狀看來，我懷疑妳可能罹患了原發性肺動脈高壓。」

有天，醫生在診間這麼對楊庭懿說。為了進一步確認，還安排她做右心導管檢查。

這是一種侵入性的檢查。

作法是在身體右側以穿刺或切開的方式找到血管，再將管子插入血管，沿著血管伸展至心臟來做檢查，具有一定的危險性。

楊庭懿嚇壞了，猶豫再三，後來又在親戚的介紹下到另一家醫院就診，得到的結論還是一樣，她才終於面對這個事實——進手術房做心導管檢查。

住院當天，楊庭懿是一個人到醫院的。雖然刻意放鬆心情，還安慰自己說應該沒事，不過是做個檢查而已。

但不知怎麼地，總有一股不安環繞在心。揮之不去，只好強作鎮定。

即使，臨時接到母親的電話，說繼父突然住進加護病房，所以沒辦法來照顧她，楊庭懿也都笑笑說沒關係，她一個人可以的。

至於丈夫，則是因為那陣子投資股票失利，算命師建議他不

要進出醫院或喪禮，以免招致厄運，她也欣然同意。

多麼堅強的一個女孩子。但實際上，越是堅強的人，反而越需要他人的體貼。

幸好，當天晚上，楊庭懿的丈夫還是出現了。當她驚訝地問：「你怎麼來了？」丈夫的回答很窩心地說：

「老婆住院，怎麼能不來陪呢？」

家人的愛和關心，成了最好的止痛劑。就算第二天被推進手術房，麻醉針刺在脖子和手腕上，實在痛得不得了，她還是強忍住，一滴眼淚都沒有掉。

反倒是她的丈夫，當天一聽完醫生解釋手術過程，顧不得還有其他人在場，就逕自在家屬等候區哭了起來。不停、不停地哭。

他不懂，為什麼這樣的病會降臨在妻子身上。但楊庭懿自己呢？她說：

「檢查的過程再痛，我都沒有掉眼淚，直到手術完，確定罹患原發性肺動脈高壓，獨自一個人坐在等候區的輪椅上，眼淚才終於潰堤。」

內心的疑問都一樣，質問老天爺，為什麼要讓她罹患這樣的病呢？

什麼是「原發性肺動脈高壓」？用比較口語一點的字眼來解釋，其實就是一種心臟、肺臟及血管系統都出現病變的疾病，發生率大約為十萬分之一。

也就是說，每十萬個人當中才會有　個人罹患該疾病，所以又被歸為罕見疾病的一種。

「原發性肺動脈高壓」之所以會對患者的生命造成危脅，是因為肺動脈壓力升高，右心室就必須更加費力才能將血液輸送至全身，進而造成右心室肥大與衰竭，嚴重還可能導致死亡。

曾經有統計顯示，「原發性肺動脈高壓」患者發病之後，若是沒有接受治療，女性的存活時間平均只有兩年半，男性則為三年多。不可不慎。

「我上網查過很多資料，發現這個病，平常看起來好像沒什麼，死亡率卻蠻高的，因為患者怕冷、怕高，又不能從事激烈運動，以免造成心臟負荷。」

語氣一沉，楊庭懿接著提到：

「尤其是冬天最危險。之前回診時，我就曾經聽衛教護士說，手上有好幾個病人走了，就是因為天氣太冷。」

擔心，除了是因為害怕死亡，更多的其實是不捨，因為她還有一個寶貝女兒，名叫妞妞。

「我最不放心的人其實是妞妞，那時候她才一歲多，萬一我真的走了，她沒有媽媽照顧，怎麼辦？」

一講到孩子，楊庭懿忍不住哽咽。

環境不變，但態度變了

她特別明白那樣的痛，是因為小時候，也曾經面臨過可能失去親人的惶恐。

約莫是在就讀國中的時候吧！有天，凌晨兩、三點，楊庭懿接到了父親從外頭撥回來的電話，要她馬上到二樓櫃子裡找「一樣東西」，再等他回家去拿。

東西找到了，楊庭懿打開一看，愣住。怕自己看錯，還特地拿到樓下廚房去確認，原來，父親口中的「一樣東西」，竟然是一把折疊式的藍波刀。

「我整個人嚇到，而且打開之後還不知道怎麼收回去，在廚房裡拗刀子拗了很久，急到都哭了。」

父親回到家，拿到那把藍波刀，就催促她趕快去睡覺。然後，便轉身出門，留下一臉驚恐的她。

怎麼可能睡得著？

楊庭懿想起，國中老師曾帶她去教會，也教過她如何禱告。一整晚，她都在祈求上帝，千萬不要讓父親因為一時衝動，做出傷害他人的傻事。她實在害怕，父親若是因為持刀傷人或殺人，最後不是被傷害就是被關。無論是前者還是後者，都是她最不樂見的，因為那都等於失去了最愛的父親。

或許是禱告到累了，連什麼時候睡著，她都忘了。隔天醒來，發現桌上擺著一封信，是父親的筆跡，內容大致敘述：

「昨晚有人惹得爸爸不高興，本來想豁出去，拿刀和對方拚個你死我活。後來是因為想到你，才決定把這口氣忍下來……」

忘了有沒有感動到哭，楊庭懿只記得，當時看到那封信，鬆了好大一口氣。她真的很在乎每一個家人，這一點從她小時候寫的作文，就可以發現。

「小學時，老師要大家寫『我的心願』，大部分的人不是寫長大想從事什麼職業，就是寫想變成有錢人，好像只有我寫著希望身旁的家人不要比我早走，因為我覺得自己會沒有辦法承受生離死別的痛。」

但該來的總是會來。雖然父親當時沒做出犯罪的傻事，楊庭懿的另一個最愛——繼父，卻在她住院做心導管檢查那段時間，因為重度心臟衰竭，過世了。

當時，家人怕她傷心過度會影響到病情，一直隱瞞到她出院，開車返家的路上，丈夫才告知這個消息。

當下，她也才恍然大悟，原來住院第一天，母親臨時打電話說繼父住進加護病房，其實是騙人的，那時候繼父就已經走了。

現在講起這件事，楊庭懿都還會哽咽落淚，更別說當時有多傷心了。何況那時候的她，還得同時面臨罹患「原發性肺動脈高壓」的打擊。

兩件事情加在一起，讓她突然覺得離死亡，好近好近。

「那種感覺好恐怖，讓人深刻體會到，生命完全不是掌握在自己手中。住院前一天跟繼父吃飯，人還好好的，怎麼隔天就過世了？而我，從小到大從沒生過什麼大病，怎麼才去了一趟山上，回來就變成這樣？」沒有人可以給她答案。一如生命當中，本來就充滿未知的奧秘。很多事情的發生，也未必在第一時間就能夠讓人理解。

後來，楊庭懿懂了。

「我覺得這個病是化妝的祝福，雖然我曾經很悲傷，擔心家人可能會因此失去我，但也是因為這個病，我才會真正走進教會，甚至一家三口都信主。」

楊庭懿尤其感謝，信仰為她自己以及整個家庭帶來的改變。她接著說：

「以前每天跟老公吵架，雖然很不快樂，日子還是得過且過。信主之後，我和老公的關係改善很多，我也開始重拾自己最愛的寫作，用文字榮耀上帝。」

不僅如此，楊庭懿面對女兒妞妞，也更懂得及時把愛說出口。「以前就很疼女兒，但不會常說愛她，現在我變得很珍惜跟女兒相處的每一刻，無論我們母女的緣分有幾年，我希望她永遠記得，媽媽真的很愛她。」

多虧當今醫學發達，在藥物的有效控制下，楊庭懿的病情穩定，人生還有好長一段路要走。但面對生命的態度，顯然已經不同。

一趟旅行，奪走一部分的健康，卻扭轉和家人之間的關係，且重拾對生命的熱情——這樣的改變，楊庭懿很珍惜。

同場加映

喜樂的心乃是良藥；憂傷的靈使骨枯乾。

珍惜生活中的微小幸福

幸福，究竟是什麼樣的狀態？一個從小就渴望建立家庭的女孩，好不容易美夢成真了，卻被迫要面臨罹患罕見疾病的事實。

光是要平復這樣的衝擊，在我看來，就是一門極難的功課。曾經聽庭懿描述過一個畫面，讓我印象非常深刻。

妞妞三歲的時候，有一天，她們母女一起坐在客廳看電視，看到女兒可愛稚氣的模樣，再想到自己的健康情況，不禁悲從中來，眼淚開始撲簌簌掉個不停。

妞妞見狀，貼心地問：

「媽媽，妳為什麼要哭哭？」

搖搖頭，沒有多作回應，因為當時的她，也不知道該從何解釋起。只知道，心，好酸。

死亡，究竟是什麼？又會往何處去？

庭懿開始思索這個問題。當時她所理解到的死亡，就是靈魂投身到一片黑暗當中，不再有任何記憶，忘了自己曾經來過這個世界上，這個世界也會徹底忘記自己。

既然，人生到頭來還是一場空，此生來到這個世界的目的又是什麼呢？——我想，正是出於這樣的哲學思考，讓楊庭懿開始重拾寫作熱情，至少，那是除了為人妻、為人母之外，她身處在這個世界的一種重要姿態。

她也真的行動了。二〇一二年，拜讀到庭懿寫的一本奇幻小說，內容是關於一位女子遊走在夢境與真實世界之間。

奇妙的是，故事最後，夢中的大同世界，反倒成了女子生命中的真實。

有點虛幻，但其實也讓人進一步思索，如果夢中桃花源都能變真實，那何不嘗試在現實世界中，用行動活出相對理想的人生版本呢？

庭懿就正在這麼做。以小孩子的教養來說，在絕大多數的家長都在擔心，孩子功課好不好、才藝學得夠不夠。她最在意的卻是：有沒有教導給妞妞一個正確的價值觀？以及如何讓妞妞培養挫折忍受力？並且鼓勵她在未來的人生路上，盡情發揮所長。

每天在睡前講故事給妞妞聽，也是她很重視的親子陪伴。而且很有趣的是，只要講到白雪公主或是灰姑娘的故事，結尾時，妞妞都一定會搶著接話，說：

「最後，王子和公主就過著幸福快樂的日子。」

真實人生也一樣。只要懂得珍惜生活中的微小幸福，活出崇高的生命目標，日子也一樣能夠過得，幸福快樂。

10

牽我的手，請祢與我作伴

【裘海正】

Hold hands with me! May You keep my company.

海正，

不是只有妳一個人要做人，
所有認識妳的人都會因為妳好，
他們跟著開心，
因為妳不好，
他們覺得沒有面子。

換作是誰，肯定都忘不了那一刻的複雜心情。

一九九六年，當紅女子團體「飛鷹三姝」聲勢如日中天，成員之一的裘海正，卻選擇告別單身，正式步入婚姻。

早婚的原因是，她的父親被診斷出肺癌，只剩下三到六個月的壽命。「父親帶我走紅地毯的那一天，我印象非常深刻，因為每走一步，我就覺得他又更遠離了我一步。」

裘海正哽咽地說：

「婚禮現場來了很多媒體和賓客，很多人看到我在笑，以為有情人終成眷屬，我應該會很開心，殊不知，其實我的心一直在滴血，因為我實在不知道，之後有沒有辦法承受父親離開的事實。」

心，悲喜交織。一場眾所矚目的婚禮，身為新嫁娘的裘海正，即使沉浸在一股歡樂氣氛中，卻依舊掩蓋不了，內心那股即將和父親告別的傷悲。

因為當她挽著父親的手，從宴客廳大門緩緩走向主婚台時，已經隱約感覺到父親的腳步，有些舉步維艱。

還能這樣挽著父親的手，走多久呢？

因為我會為妳緊張！

為了把握最後幾個月的相處時光，婚後的裘海正，主動肩負起開車載父親到醫院做電療的任務，父女倆的關係也因此靠近許多。

裘海正記得，有一次，開車前往醫院的途中，她終於開口提出內心一個困惑已久的問題。當時她問父親說：

「爸，你為什麼都不看我的節目演出？在家的時候，好像你只要看到我出現在電視上，就會故意走開。」

當時會這麼問，代表父親看到演出時的反應，的確讓裘海正有些失落。

家中有七個兄弟姊妹，排行老六的她，既不是最受關注的老大，不是唯一的男孩，也不是最得人疼的老么，因此從小就很渴望能藉由各種表現，像是幫忙做家事，來得到父母親的關愛眼神。

後來發現，唱歌是一個很好的方式。

天生就擁有一副好歌喉，小時候，只要有親朋好友來訪，父親總會叫她唱歌給大家聽，讓她開心不已。

長大後，因緣際會成為歌手，裘海正當然希望父親能以她為榮，坐在電視機前面欣賞她的演出。

究竟是什麼原因，讓父親一看到她現身電視螢幕，就立即閃人。沉默了一會兒，終於，她的父親從口中緩緩吐出了幾個字：

「因為我會為妳緊張！」

短短八個字，卻道盡了一位父親對女兒，長年說不出口的愛。聽到這樣的答案，裘海正沒有多說什麼，眼眶卻濕濕的。

原來，父親表面上看似不怎麼在乎，實際上卻相當在意她在演藝圈的表現。

這讓她想起了，剛演藝圈的時候，父親曾經告誡過她的一段話，他說：

「海正，不是只有妳一個人要做人，所有認識妳的人都會因為妳好，他們跟著開心，因為妳不好，他們覺得沒有面子。」

父親的話，裘海正深深地記在腦海裡。從那一刻起，她便告訴自己，在人稱大染缸的演藝圈環境裡，一定要潔身自愛。寧可不要有任何新聞，也不要靠著傳緋聞的方式來博取媒體版面。

這也就是為什麼，裘海正的婚禮當天，父親特別地高興。家裡最後一個還沒出嫁的女兒，終於要完成終身大事，作父親的人，內心的喜悅可想而知。

但更讓他感到驕傲的是，當天出席的演藝圈賓客，全都當著他的面大讚說：

「裘海正在演藝圈真的很乖……」

這樣的肯定，很重要。因為裘海正和唱

片公司簽約之前，父親會反對，正是因為擔心演藝圈的複雜會使她變壞。

幸好，當時有裘大姐幫忙擔保，力勸父親說：

「妹妹從小就愛唱歌，你就讓她去完成夢想⋯⋯，我保證一定會好好看著她。」

裘大姐的「勸進」，讓事情出現轉圜。終於，父親首肯了。

接著，台灣演藝圈一顆閃亮的新星，就此誕生。

演藝圈裡的「圈外人」

台灣的五、六年級生，現在大約三、四十歲的族群，對於「飛鷹三姝」這個女子團體一定不陌生。

一九八六年，知名老牌歌手劉文正，找來裘海正、伊能靜、方文琳三人組成團體，並以一曲《年輕的心》迅速走紅。

一九八七年的《朋友》、《有我有你》；一九八八年的《百分之百的男孩》等，都是當時紅遍大街小巷的流行歌曲。

「飛鷹三姝」走紅的程度，比起當今女子團體「S‧H‧E」是有過之而無不及。

單飛之後，裘海正又陸續推出了多張國語專輯，同樣掀起傳唱熱潮，最具代表性的歌曲，像是《愛我的人和我愛的人》、《愛你十分淚七分》等，至今仍是許多人在KTV唱歌必點的曲目。

她還同時跨足電影演出和廣播節目主持，並一度入圍金鐘獎的「廣播節目綜藝主持人獎」，在演藝圈的表現相當亮眼。

從一個單純的體專學生和手球國手，搖身一變，成為一位名氣響叮噹的歌手，裘海正的境遇，讓許多人都羨慕不已。

正當外界以為，她應該會像「飛鷹三姝」其他兩位成員方文琳和伊能靜一樣，在演藝圈久待時，她卻逐漸萌生退意。

裘海正曾經公開分享過這麼一件事。她說，有一次為了宣傳新唱片，參加知名主持人張菲的節目錄影。

當台語歌手黃乙玲站在前面唱歌時，菲哥突然跑過去問她說：

「妳有沒有發現黃乙玲的小腿，看起來跟妳的手臂差不多？」

「真的耶！」

刻意露出驚訝的表情回應菲哥，隨後一笑置之。

她知道菲哥只是開玩笑並無惡意，裘海正的心裡還是難免受傷，畢竟一個女孩子家，也不是走搞笑藝人的路線，誰喜歡讓人這麼說呢？

身高一六八公分，體重最輕的時候也只有五十七公斤，就比例來說，裘海正其實一點都不胖，只是因為身材高挑的關係，外型看起來不像其他女歌手那麼纖細。

為此，她還曾經被唱片公司送去模特兒公司培訓，除了訓練一些基本台風，也是希望她被調教之後能再變瘦一點。

她還記得，有天中午，看到現場有兩位模特兒都沒吃便當，便問：

「妳們不吃飯啊？」

沒想到對方回答說：

「我們已經吃飽了，剛剛吃了三根大芹菜就覺得好飽。」

這個回答，讓她聽了簡直快暈倒。

另一個讓裘海正很受不了的演藝圈文化是，每次出唱片，為了博得媒體版面，常常要打「悲情牌」，硬擠出一些悲慘故事來製造新歌的話題性。

然而故事的真實性多少，根本沒有人在意，包含媒體記者在內，大家要的只是一些茶餘飯後的八卦話題，看過了就算。

她覺得自己越活越虛假，內心的抗拒也越來越大。裘海正說：

「演藝圈的生活看起來風光，經常被歌迷簇擁、要簽名，或是被媒體追著跑，但實際上我並沒有很快樂，因為總是活在別人的眼光下。那時候也考慮過要離開演藝圈，但礙於唱片合約，又不能馬上說離開就離開。」

那是一種直覺本能——強烈意識到自己不屬於這個環境——即使表面上仍舊可以跟周遭人嘻笑怒罵，心，卻彷彿隔著一層膜，無法產生真實的連結。

於是，越來她越發現，自己就像是個局外人，冷眼看著一齣又一齣荒謬劇碼的發生。

直到有一天，發現自己再也無法忍受成為其中的一員，也找不到一絲絲委曲求全的意義時，就是該離開的時候了。

這一天並沒有等得太久。

父親過世幾年後，加上唱片合約到期，裘海正便毅然決然選擇淡出演藝圈，返回母校台北體專執教鞭。

在信仰中重拾歌唱熱情

當時的衝擊真的是太大了！

事情是發生在裘海正結婚四個月後。一九九六年六月的某一天，當她在台上為觀眾演唱動人情歌時，父親因為不敵病魔而辭世。下了台，得知噩耗的前一刻，她正準備要跟大家去參加慶功宴，後來是丈夫馬文鴻告訴她「不能去，因為父親過世了」，她才像是大夢初醒一般，跌落現實。

「聽到爸爸過世的消息，我一個人蹲在大街上，大哭，整個人思緒非常地亂，因為我發現自己一下子沒有目標了。」

她把意思講得更清楚，說：

「我所做的這些表演，其實都是希望能讓爸爸為我感到開心。現在他過世了，我再繼續做這些事情幹嘛？」

連留在演藝圈這最後一絲委曲求全的意義都沒了，裘海正不得不開始重新思索，「唱歌」之於自己生命中的意義，究竟是什麼？

她不明白，明明是從小就很喜歡的一件事，為什麼長大之後成為歌手，唱歌反而慢慢成了一種痛苦？

想了想，原來並不是「唱歌」這件事本身有問題，而是環境。長期處於演藝圈那種價值浮誇，且充斥了爭競和比較的環境中，不管是多愛唱歌的人，熱情都終究會被磨光，因為那背後有著太多的自我背叛和妥協。

只不過，在想清楚這樣的道理之前，裘海正有好長一段時間都很排斥唱歌，也不再出任何專輯唱片。

二〇〇九年，她應母校台北體專（已改制為學院）之邀回去教書，還考上了北京體育大學的博士班，生活過得非常充實。

原以為，日子會這麼一直過下去，也不會再有機會重拾對歌唱的熱情；但人算往往不如「天算」。

二〇一〇年九月二十六日，裘海正一家三口同時在合一教會受洗後，牧師朱奔野便力邀她加入教會的敬拜團，擔任主領。

真的要重拾麥克風嗎？當下，裘海正的心裡有些遲疑，但直覺告訴

她：

「Say Yes！」

成為敬拜團的一份子之後，配合教會宣教活動，裘海正幾乎跑遍台灣北中南各地。後來為了專心投入音樂服事，她甚至辭去學校的教職工作。

二〇一三年初，由教會所屬的同心傳播公司，為她發行個人首張福音專輯《瓶中淚》，還請來知名音樂才子徐致莌（堯堯）擔任製作人。

不同於以往在演藝圈出專輯，什麼都是別人打理得好好的，身為歌手的裘海正，只要負責錄唱就好了。

為了籌備這張福音專輯，她不只親自參與詞曲創作，還打電話到馬來西亞邀歌，就連最後的封面和內頁的文案，也是她提筆一句句寫下來的，就是希望大家能透過她自身的筆觸，體會《瓶中淚》的意境，以及上帝對她的帶領。

原來祢從沒放棄我　原來祢一直關心我
祢將我的淚當成珍珠　裝在瓶裡細細計數
直到有一天　祢會將它串起　親自為我帶上
原來這瓶中的淚水　它代表著幸福

——摘自《瓶中淚》專輯文案

眼淚，可以是鹽酸，一滴一滴侵蝕脆弱的心；眼淚，也可以是珍珠，一顆一顆串起成為美麗的項鍊。

差別在於，能不能從眼淚中體會到靈魂的深邃？

上帝帶給裘海正最大的安慰之一，莫過於讓她明白到，死亡，其實只是一種暫時的離別。

雖然沒能及時見到父親最後一面，總有一天，還是會在天堂相會，重續父女倆的緣份。

到時候，她還要再挽著父親的手，像婚禮那天走紅地毯一樣，一步，一步，繼續走下去。

因為天父——上帝爸爸，就是這樣子慢慢牽著她走的。

同場加映

流淚撒種的，必歡呼收割。

用靈魂詮釋詩歌

我是聽海正姐的歌長大的。但自從海正姐加入合一教會，我才發現，她詮釋詩歌的嗓音，遠比唱流行歌曲更為觸動人心。

真的很奇妙！也許是天生音質上的優勢，不管是什麼詩歌，好像只要從海正姐的口中唱出來，總是特別具有療癒人心的作用——至少對我而言是如此。

我尤其喜歡聽她唱《牽我的手》這首台語詩歌，每次都會聽到感動落淚。

「牽我的手，我的主啊，請祢麥離開我。
這條路，我擱要行，我需要祢來作伴。
牽我的手，我的主啊，請祢麥離開我，
有時我會驚，有時不知按怎行，有時甘若聽不著祢的聲。
牽我的手，請祢與我作伴，互我的腳步又穩又定，
走到祢的門前，聽到祢的聲，
與我說：入來我的囝！」
（詞曲：林義忠牧師）

我猜，海正姐在詮釋這首詩歌的時候，感受應該也是特別深刻吧！

由於我們是會友的關係，曾經多次聽過海正姐分享生命經歷，當我越是瞭解她，就越能夠明白，為什麼她曾那麼不適應演藝圈的文化。

在我眼中的海正姐，是一個很真性情的人，既不矯揉造作，待

人處世也沒什麼架子，更別說會因為自身利益而把別人踩在腳下。

這種個性非常難得，但若被放在複雜的環境裡，肯定會活得很辛苦，離開演藝圈也只是早晚的事。

但人生沒有白走的路。我相信，早在二十歲踏進演藝圈的時候，上帝就已經為海正姐預備了，二十八年後要成為福音歌手的這條路。

因此過去十幾年的演藝生涯，或開心或難過，或得著或失去，其實都已經不再重要，一旦將時間拉長來看，那段經歷也只不過是，上帝用來預備和養成海正姐的一個必然過程。

真正要關注的重點應該是：海正姐有沒有在「上帝預定的時間內」作切換，往下一個階段性的目標邁進，活出命定？

答案很清楚：有的。不然海正姐就不會為了宣傳《瓶中淚》這張專輯，忙著到台灣各教會去做見證，三不五時還要飛到海外，前往美國、義大利、中國大陸等各個國家登台演出。

在信仰裡，重拾對歌唱的熱情，還能藉此榮耀主名、領人信主，這一點恐怕就連海正姐自己都始料未及。

但無庸置疑，比起以往在演藝圈的五光十色，她其實更喜歡也更享受，現在這種用靈魂詮釋詩歌的演出方式。

縱然，少了父親的掌聲和肯定；但另一位父親——上帝爸爸，卻一直在身旁默默守護，為她感到光榮。

國家圖書館出版品預行編目資料

愛 救了我 / 魏棻卿 著．第一版．-- 臺北市
：文經社，2013.07
面；　公分．--（文經文庫；A304）
ISBN 978-957-663-698-1(平裝)

855　　102011372

文經社
文經社網址 www.cosmax.com.tw/
www.facebook.com/cosmax.co 或「博客來網路書店」查詢文經社。

文經文庫 A304
愛 救了我

作者 魏棻卿
發行人 趙元美
社長 吳榮斌
主編 管仁健
美術編輯 龔貞亦
出版者 文經出版社有限公司
登記證 新聞局局版台業字第2424號

<總社．編輯部>
社址 10485 台北市建國北路二段66號11樓之一(文經大樓)
電話 (02)2517-6688
傳真 (02)2515-3368
E-mail cosmax.pub@msa.hinet.net

<業務部>
地址 24158 新北市三重區光復路一段61巷27號11樓A(鴻運大樓)
電話 (02)2278-3158. (02)2278-2563
傳真 (02)2278-3168
E-mail cosmax27@ms76.hinet.net
郵撥帳號 05088806 文經出版社有限公司
新加坡總代理 Novum Organum Publishing House Pte Ltd. TEL:65-6462-6141
馬來西亞總代理 Novum Organum Publishing House(M) Sdn. Bhd. TEL:603-9179-6333
印刷所 通南彩色印刷有限公司
法律顧問 鄭玉燦律師

定價 新台幣250元
發行日 2013年 7月 第一版 第一刷
　　　 7月　　 第二刷